새 장을
열다

새장을 열다

이경숙 소설

산지니

차례

초대

그의 오토바이가 눈길에 미끄러졌다. 건너편 인
도에 사람이 서 있다. 흰색 옷차림에 머플러만 감은
채다. 도움을 청하기 위해 가까이 다가갔다. 눈사람
이었다. 어둑한 사위 때문에 사람으로 착각한 것이
다. 머리와 몸통으로 이루어진, 흔히 보던 눈사람은
아니었다. 둥그런 몸통 한가운데에 눈, 코, 입이 있
었다. 어떻게 보면 몸은 없고 얼굴만 둥둥 떠다니는
것처럼 보였다. 흰색 옷을 입고 있다고 생각한 것은
머플러 때문인지도 모른다. 솔가지로 만든 눈은 왼
쪽만 남았고 오른쪽 눈이 있어야 할 자리는 비어 있
었다. 코는 반쯤 뜯겨 나가 바람이 불 때마다 덜렁
거렸다. 한쪽으로 치우쳐 비뚜름한 입은 불만이 가

득해 보였다. 날씨가 차서 코끝이 시렸다. 그는 얼얼한 코끝을 매만지며 돌아섰다.

넘어져 있던 오토바이를 가로수에 기대 세웠다. 그의 뒤쪽에서 전조등 불빛이 비친다. 견인차다. 그는 눈을 가늘게 뜨고 바라봤다. 견인차에서 내린 운전자는 여자였다. 지긋한 나이, 중노인인 듯 입가에 잡힌 주름이 자글자글하다. 땅으로 바삐 내려앉는 눈과 전조등 불빛이 섞이면서 주위가 흐릿해진다. 그와 여자만 여기 남겨진 듯하다.

견인차의 리프트가 내려오고 여자가 오토바이를 가리킨다. 오토바이의 시동이 걸릴 듯하다가 멈춘다. 그는 핸들을 잡으며 여자에게 뒤에서 밀어 달라고 했다. 눈도 오는데 용까지 써야 하니 남는 장사가 아니라고, 여자가 중얼거렸다. 처음부터 호흡이 맞을 리는 없다. 두어 걸음 움직이자 오토바이의 중심이 흔들렸다. 그는 허벅지로 몸체를 겨우 받쳤다. 여자가 무겁다며 짜증을 낸다. 그는 하나, 둘 구령을 외친다. 여자는 따라 하지 않았다. 겨우 리프트에 오토바이를 올렸다. 눈길에 긴 선이 그어졌다. 소리 없이 내리는 눈이 지우개처럼 선을 지워 나간다. 여자는 오토바이가 움직이지 않게 끈으로 견인 차에 동여맨다.

인도 위에 덩그러니 놓여 있는 근조 화환이 보였다. 내리는 눈을 고스란히 맞고 있었다. 여자에게 기다려 달라고 말하고 화환을 챙긴다. 그새 눈이 점점 더 쌓인다. 여자는 시동을 걸고 그를 기다린다.

차 안은 따뜻했다. 언 손을 히터 열기에 녹인다. 여자는 정비소를 검색하고 있다. 가장 가까운 곳은 그의 퀵 사무소 근처였다. 통합 사무실 사람들은 그 곳을 자주 이용했다. 고장 난 오토바이를 수리하는 동안 다른 걸 빌릴 수도 있었다. 서로 도움을 주고 받는 관계였다. 여자가 내비게이션을 설정하고 출발하려 했다.

"정비소 가기 전에 한 바리 더 하시죠?"

여자의 입가 주름이 깊어진다. "대리 비용 드릴게요." 그는 안고 있던 화환을 여자에게 내밀었다. 국화꽃 위에 쌓인 눈이 녹아서 눈물처럼 흘러내린다. 차창에 들러붙는 눈을 와이퍼는 연신 치워 낸다.

"정비소에 내려 줄 테니 택시 타고 가소."

무전기가 켜지면서 폭설로 대중교통이 마비되었

다는 무전이 왔다. 허탕 치지 않으려면 빨리 움직여야지, 여자가 혼잣말한다. 내비게이션의 안내 버튼을 누르고 최소 시간을 선택하자 우회전하라는 화살표가 뜬다. 우리들장례식장으로 가려면 직진을 해야 한다.

"저한테 잡혀 줄 택시가 있겠어요?"

"그건 알아서 하고."

여자가 와이퍼를 빠르게 조작하자 눈이 바닥으로 후드득 떨어진다. 견인차를 기다리는 동안 택시는 한 대도 지나가지 않았다. 지금 그가 탈 수 있는 차가 견인차밖에 없으리라. 이 기회를 잡아야 한다. 보험회사에서 제공하는 무료 견인을 유료 견인으로 바꿔야 할 것 같았다.

"견인 비용 불러요."

그의 마지막 배달은 손해가 이만저만 아니다. 화환을 전해 주고 얼마를 받아야 할지 모르겠다. 아니 늦었다고 핀잔을 안 들으면 다행이다. 여자가 손가락 다섯 개를 폈다. 오늘 일당은 다 날아갔다. 팀장의 압박에 굴한 자신이 원망스럽다.

퇴근을 서두르는데 팀장이 불렀다. 배달을 한 건

더 하라고. 부탁을 가장한 무언의 압박은 눈이 내리는데도 오토바이를 몰게 했다. 근조 화환을 배달할 곳은 공단지대로, 통합 퀵 사무실에서 삼십 분 남짓 걸리는 우리들장례식장이었다. 외곽 지역이어서 기사들은 외면했다. 도심에서 두어 건 더 받는 게 이득이라고. 눈발이 거세지기 전에 갔다 오고 싶었지만 발목이 잡히고 만 것이다. 여자는 안개등을 켜고 장례식장으로 방향을 돌렸다. 뿌연 빛과 쏟아지는 눈이 길목을 가득 채우고 있었다.

갑작스럽게 내린 눈이었다. 대설주의보가 내렸으니 안전운전에 힘쓰라는 문자가 왔다. 그는 출근하기 전에 일기예보를 확인하는 버릇이 있었다. 비나 눈이 오면 출근을 하지 않았다. 차양처럼 세상을 가려 버리는 눈비가 싫었다. 모든 것이 희미해져 있는 듯 없는 듯, 아른거리는 적막을 발견한 때는 숨을 멈췄다. 학교에 다닐 때도, 사회에 첫발을 디딜 때도, 회사에서 쫓겨날 때도 적막은 그를 따라다녔다. 아무 때나 찾아오는 적막을 그는 받아들일 수도 내칠 수도 없었다.

그날 저녁 사물함을 비워 달라는 연락을 받았다.

갈아입을 속옷과 양말, 기초 화장품이 다였다. 너무 단출해서 빈약해 보였다. 비닐에 대충 구겨 담고 로비로 나왔다. 사람들이 빠른 걸음으로 오갔다. 말쑥이 차려입은 낯선 이들이 로비 구석에 모여 있었다. 계약을 바라는 사람들은 정장을 입고 오는 경우가 많았다.

서른 초반의 나이에 처음으로 맡은 큰 계약이었다. 서류를 꼼꼼히 읽고 대략 분위기만 파악하면 된다고 생각했다. 그것이 사건의 빌미를 만들 줄은 몰랐다. 물건을 발주했지만 도착한 원형 틀이 작았다. 견적서에 나와 있던 금형의 수치와 그가 담당자로부터 받은 수치에 오차가 있었다. 거래처와 계약이 파기되었다. 회사는 막대한 손해를 안을 수밖에 없었다. 손실금에 대해 회사는 배상을 요구해 왔다. 그는 칠 년 동안 일한 퇴직금을 반납함으로써 무마할 수 있었다. 권고사직 후 손에 쥔 것은 아무것도 없었다.

그가 로비를 나서려는데 쇳가루 냄새가 짙게 났다. 아는 얼굴이 보였다. 그와 전화를 주고받던 정원정밀의 차 대리였다. 그는 차 대리에게 안부를 물었다. 잘 지내고 있다는 말에 가슴 한편을 쓸어내렸다. 차 대리에게는 여파가 미치지 않은 모양이었다. 인사를 하고 돌아서는데 과장이 엘리베이터에서 내리고 있었다. 차 대리가 과장에게 다가가 인사를 건넸다. 그는 자신도 모르게 돌아섰다. 등 뒤에서 그들의 말이 또렷하게 들렸다.

"과장님, 덕분에 싼 가격에 물건을 만들 수 있었습니다. 술 한잔 사겠습니다."

"뭘, 서로 돕고 사는 거지. 우리도 대량 주문을 받아서 이익이지. 서로 돈독한 관계를 만들어야지 앞으로도 잘 부탁해."

"전에 있던 담당자를 금방 만났습니다."

"오늘 퇴직했지. 회사를 위한 희생이었으니…… 잘 살겠지! 떠난 사람은 걱정하는 게 아니야. 있는 사람들이 잘돼야지, 안 그래?"

과장의 얼굴이 금형 틀을 깎을 때처럼 마모되어갔다. 눈이 사라지고, 코가 사라지고, 입이 사라졌다. 평평해진 과장의 얼굴 위로 프로젝트에 띄운 글귀들이 떠다녔다. 난독증이 생긴 것처럼 읽고, 또 읽고, 다시 읽어도 이해가 되지 않았다.

둘이 엘리베이터를 타자 쇳가루 냄새가 엷어졌다. 처음부터 계획된 일이었다. 물건값을 후려치기 위해서. 금형의 수치가 틀리게 도면에 기재된 거였다. 과장과 어떤 거래가 오갔는지 그가 속속들이 알 길은 없다. 단지 추측만 할 뿐이다. 밖으로 나갔다. 버스가 분주히 사람들을 토해 내고 있었다. 입에서 단내가 났다. 지나쳐 가는 사람들의 발소리가 들리지 않았다. 그는 자신의 귀를 만져 보았다. 그대로 있다. 아, 아, 소리를 질렀다. 고장 난 스피커에서 나는 윙윙 소리가 들리더니 음소거가 되면서 사람들의 얼굴이 유령처럼 희미하게 보인다. 그는 도망간 소리를 어디서 찾아야 할지 가늠할 수 없었다. 퀵서비스 오토바이가 신호 대기하고 있던 차들 사이를 빠르게 지나가고 있었다. 저 속도라면 어떻게 해서든지 쫓아갈 수 있을 것만 같았다. 그는 오토바이의 뒤를 따르기 시작했다.

바람이 불면서 눈발이 갈팡질팡한다. 흰 무늬들이 끝없이 이어졌다. 앞을 보려고 기를 쓸수록 사물은 흐릿해졌다. 어른거리는 흰 띠들을 치울 수도 없는 노릇이다. 폭설은 건물과 도로와, 지나다니는 사람을 하나의 풍경으로 만들어 갔다.

"지랄 같네. 길이 보여야 말이지."

여자가 중얼거렸다. 핸들이 휘청거리고 제동이
안 되어 붉은 신호등을 그냥 통과했다.

"왜 이래요?"

그는 여자의 얼굴을 흘깃 봤다. 시선이 어둠에 고
정되어 있다.

"어지러워서 그래."

한껏 세력을 키운 눈들이 차창에 부딪히며 으르
렁거렸다. 그 앞에는 숲이 있었다. 공단에서 넘어오
는 시큼한 냄새를 차단하기 위해서 만든 것이었다.
나무들의 키는 작았고 봄마다 영양제를 처방했지만
말라 죽어 갔다. 잘린 그루터기들이 숲속에 방치되
었다. 쌓아 놓은 나무토막이 눈에 덮여 봉분처럼 보
였다. 매년 봄이면 죽은 나무를 베어 내고 어린 나
무를 심었다. 이 숲을 벗어나면 우리들장례식장이
있었다.

브레이크 소리가 나고 차가 멈췄다. 이번에는 정
지선을 벗어나지 않았다. 여자의 무전기에서 웅얼
거리는 잡음이 나지막이 났다. 여자가 무전기를 껐

다가 다시 켰다. 잡음과 함께, 들어오던 무전도 사라졌다. 신호가 파란색으로 바뀌어도 차는 출발하지 않았다.

"여기만 오면 무전이 죽어."

무전기를 만지던 여자가 수신장치를 두어 차례 쳤다. 그도 겪어 본 일이었다. 사무실 선배는 숲 입구에서 멈추면 GPS가 끊어지거나, 버퍼링이 나거나, 한 지역만 가리킨다며 신호를 위반하더라도 통과하라고 굳은 표정으로 말했다. 공단에서 산업재해로 죽은 귀신들이 숲을 헤매서 그런다며 다른 선배가 우스갯소리를 했다. 그는 웃지 못하고 서 있었다. 살결에 돋은 소름이 초승달 밤을 연상시켰다. 배달을 끝내고 주유소를 찾고 있었다. 내비게이션이 안내하는 대로 숲 쪽으로 방향을 틀었다. 포장도로가 끊어진 곳에 다다랐지만, 도착점은 숲 안을 가리켰다. 깜빡이던 주유 등이 꺼지고 오토바이가 멈췄다. 그는 걷기 시작했다. 가도 가도 소나무만 서 있었다. 맴도는데 갑자기 안내 종료를 알리는 멘트가 나왔다. 멀리 우리들장례식 간판이 보였다. 그는 오토바이를 끌며 겨우 숲을 빠져나왔다. 종종 밤에 숲 옆을 지나치면 그쪽만 그늘이 짙었다. 배달 갈 때마다 멈추지 않고 지나갔다. 머리끝이 주뼛 일어선다.

"출발하시죠."

"난들 눈길이 좋겠냐. 온종일 헥헥거리고 달려도 선수 치기 당하기 일쑤니, 이런 날 나올 수밖에. 이놈의 눈이 날 길들이려고 하네."

여자가 발끈했다. 차가 급발진하며 그의 몸이 휘청였다. 품에 있던 근조 화환이 미끄러졌다. 국화 꽃잎에 있던 물이 후드득 떨어져 그의 바지를 적셨다. 그는 바지 위에 남은 물을 털어 냈다.

"목 떨어집니다."

말을 내쏜 그는 국화꽃의 매무새를 만지고 화환을 다리 사이에 두었다. 여자는 견인차를 길 가장자리에 정차했다.

"이 숲만 빠져나가면 장례식장이야. 여기서 내려."

그는 어둠 속에 웅크리고 있는 숲을 바라봤다. 내려서 걷는다면 이십 분은 족히 걸릴 것이다. 근조 화환이 꽃집에서 봤을 때보다 시든 것 같았다. 손이 시릴 정도로 차가운 날씨였다. 품에 넣고 가기에는 꽃바구니가 너무 컸다. 꽃도 얼지 않고 그가 추위를 피할 방법은 견인차를 타고 가는 거였다. 여자는 도어록을 해제하고 그가 문을 열기만 기다렸다.

"오토바이는 어떡하고요?"

"정비소에 가져다 둘게."

여자의 표정이 눌어붙은 눈처럼 굳었다. 굵어진 눈발이 앞창을 덮는다. 근조 화환 배달이 그의 마지막 일이듯이 여자의 마지막 견인은 그여야 했다. 그는 내리지 않고 버텼다. 서걱서걱 눈을 밟는 소리가 들리고 여자가 조수석 문을 열었다. 눈바람이 그의 얼굴에 훅 끼쳤다. 차가웠다. 그와 여자의 대치 상황 속에서도 눈보라는 일어났다 잦아들었다 한다. 슬리퍼 속 여자의 발가락이 꼬무락거린다. 그는 따뜻한 차 안에, 여자는 손끝의 감각이 무뎌질 정도로 추운 밖에 있었다. 양말을 신지 않은 여자의 맨발 위로 눈이 내린다. 눈은 누구에게나 골고루 차갑다고 그는 생각한다. 여자가 운전석에 다시 탔다. 검은 숲이 눈 더미 때문에 웅크리고 있는 거대한 짐승 같아 보인다. 갑자기 달려들 것 같아 차 문을 닫았다. 눈송이가 바람에 날리면서 흩어진다.

그의 휴대전화가 울린다. 자동차 보험 회사다. 서비스 만족도 조사에 답해 달라는 문자를 받았다.

"더럽게 춥네."

여자가 몸을 웅크리며 히터에 손을 가져다 댔다. 그는 전화를 받았다. 설문 조사에 만족한다고 답한다. 여자가 천천히 차를 출발시켰다.

이 도시에 살면서 폭설을 만나긴 처음이었다. 시베리아 같은 겨울이 없어서 살기 좋은 도시라고 팀장이 말하곤 했다. 그는 팀장의 말에 고개를 주억거렸다. 퀵 배달을 할 때는 더위보다는 추위가 더 곤란했다. 영하로 떨어지는 날씨에 몇 군데를 돌고 나면 손가락이 펴지지 않고 발가락은 동상에 걸렸다. 넥워머를 두르고, 방한 점퍼를 입고, 핫팩을 신발에 넣어도 찬 기운은 가시지 않았다.

눈밭을 걸어서 그런지 양말이 축축했다. 그는 신발을 벗고 대시보드에 발을 올렸다. 히터의 따스함이 발을 감싸면서 노곤해지고 졸음이 왔다.

찡그린 얼굴들이 그를 내려다봤다. 배달하다 보면 불만 섞인 감정을 대할 때가 많았다. 행동이 굼

뜨다, 손님을 기다리게 한다, 늦은 만큼 배송비를 빼라, 퀵서비스 때려치워라. 그는 궁금했다. 같은 시간에 배달했는데 누군가는 빨리 와서 감사하다고 말하고 누군가는 느려 터졌다고 앞에서 욕을 해댔다. 언제부터인지 모르겠지만 불만을 말하는 고객의 얼굴이 뭉개져 보이기 시작했다.

그는 헬멧의 실드 너머로 고객을 살피는 버릇이 몸에 뱄다. 표정이 붉으락푸르락하면 배달 왔다는 말과 동시에 물건을 내려놓고 나오기에 바빴다. 고객들의 지나친 관심도, 규정 이외의 불만을 듣는 것도 싫었다. 오래 머무를수록, 친절할수록 붙들려 있는 시간이 길어질 뿐이었다. GPS에는 배달 목록이 수시로 올라왔다. 그는 발목을 감싸는 각반이 해어지도록 도로를 누볐지만 퀵이라는 이름에 걸맞은 배달 기사는 아니었다. 그의 고유번호 밑에는 고객들이 올린, 느리다는 댓글이 가득했다. 빨리 가려고 붉은 신호에 4차선 도로를 건너기도 하고, 엄마와 걸어가던 아이를 치일 뻔하기도 했다. 곡예 운전을 했지만, 고객들의 불만은 줄어들지 않았다.

"다 왔어."

그는 졸음을 쫓으며 겨우 눈을 떴다. 멀리서 우리들장례식장의 간판이 어렴풋이 보였다. 여자의 운전석 쪽 창문이 조금 내려져 있었다. 발 냄새를 참으면서 운전한 모양이었다. 여자가 손을 내밀었다. 돈을 줘야 하지만 지금은 없다. 꽃집에 화환값을 대리로 냈기 때문이다. 수령인에게 받으면 될 터다.

"화환부터 배달하고 올게요. 오 분만 기다려요."

"참 가지가지 한다. 오늘은 마가 꼈어."

"누가 떼먹는대요. 나도 받아야 줄 거 아니에요."

눈발이 바람에 날리면서 쇠 비린내가 났다. 공단 입구에 있는 우리들장례식장에서는 산업재해를 입은 근로자들의 장례식이 많이 치러졌다. 여름에 습도가 높아지면 공단에서 나오는 냄새들이 엉키어서 코안이 따끔거렸다. 공해 저감 장치를 했다지만 냄새가 없어지지는 않았다. 여자의 차는 장례식장 입구를 막고 섰다.

그는 어깨에 내려앉는 눈을 털어냈다. 안으로 들어서자 지하로 내려가는 계단이 나타났다. 커피 자판기 앞에 엘리베이터가 있었다. 화환을 B101호에 배달하고 완료 확인을 받으면 되었다. 엘리베이터는 부드럽게 지하로 내려갔다. 안내실 벽에 걸린 모니터에 식장의 호수와 고인의 이름이 표시되었다. 식장은 열두 개였다. 입구에서 멀수록 비싼 대여비를 받는 특실과 VIP실이 있었다. 그가 보기에 식장의 크기는 비슷했다. 차이점이라면 VIP실이 몇십만 원 더 비싸다는 것이다. 배달할 때마다 VIP실 앞에는 특가형 근조 화환이 커다란 리본을 달고 서 있었다.

자주 보던 안내실 직원이 커피 한잔을 내어준다. 그는 장례식장이 만실이라며 농담을 건넸다. 저승이라도 주택 경기가 좋아야 할 텐데요. 직원이 섬뜩한 농담을 건넸다. 죽어서도 살 집 걱정을 해야 한다니. 그는 죽으나 사나 방 구하기는 힘들다고 생각했다. 그가 사는 원룸도 월세가 해마다 올라갔다. 계약 기간이 끝나면 더 작은 방으로 옮겨 가야 할 것 같았다.

그는 생각에 잠겼다가 B101호실을 지나쳤다. 안내실 맞은편에 있는 걸 못 본 것이다. 안으로 들어가기 전에 화환을 점검했다. 다행히 꽃들은 추위와 사고에도 무사하다. 이제 물건을 건네고 돈을 받으면 퇴근할 수 있다. 눈길로 쫓아낸 팀장의 얼굴이 떠올랐다. '협박을 가장한 부탁이라도 이젠 들어주지 않으리라.'

조문을 온 손님도, 조문을 받는 상주도, 일하는 아주머니도, 장례식장에는 산 사람은 아무도 없었다. 잘못 찾아왔나 싶어서 주문서를 확인했다. 우리들 장례식장, B101호라고 쓰여 있었다. 화환은 왔는데 받을 사람이 없다니. 그렇다고 그냥 두고 올 수도 없는 노릇이었다. 대리 수납한 화환값을 받아야 한다. 웅얼거리는 목소리가 빈소 옆에서 들려왔다. 벽지 색과 비슷한 문이 보였다. 노크했으나 아무런 기척도 없었다. 문을 열자 사람은 보이지 않고 휴대용 플레이어만 돌고 있었다. 불경인지 추모 기도 소리인지 분명하게 들리지 않는다. 볼륨이 낮아서 그런 모양이다.

모르는 번호로 전화가 왔다. 퀵서비스를 하면 스팸 전화라도 받아야 한다. 고객일 수 있으니까. 그런데 견인차 기사였다. 보험회사에서 알려 준 번호는 아니었다.

"언제까지 기다려야 해."

여자의 말이 점점 짧아진다.

"사람을 못 만났어요. 나도 받아야 줄 거 아니에요."

고객을 응대하면서 존대하는 말버릇이 입에 붙어 버렸다. 억지 부리는 진상 고객에 비하면 여자의 짜증스러운 목소리쯤이야 아무것도 아니다. 얼굴이 후끈 달아올랐다. 목에 감고 있던 넥워머를 벗었다.

"주차장에 있을 거니까, 전화해."

그는 화환을 어디에 두어야 할지 둘러보았다. 빈소에는 위패만 덩그러니 놓여 있고 영정은 어디에도 없었다. 위패에 쓰인 고인의 이름은 김건아였다. 얼굴을 봤다면 남자인지 여자인지, 나이가 많은지 어린지 알 수 있겠지만 위패만 보고는 짐작할 수 없었다. 처음 뵙겠습니다, 인사를 할 수도 없는 노릇이었다. 그가 알 수 있는 것은 김건아를 추모하는 사람이 없다는 사실뿐이다. 위패 옆에 화환을 놓고 주문자의 연락처를 찾았다.

"그리다입니다."

"화환을 가지고 왔는데요."

"저희 직원이 그곳에 없던가요? 잠시 기다려 주

세요.”

얼마를 더 기다려야 할까. 수화기 안에서 다른 목소리가 들렸다. 여자가 말했던 직원인 모양이다.

“장례 절차 때문에 안내실에 있다고 합니다. 곧 올 겁니다.”

여자는 할 말만 하고 전화를 끊었다. 그는 빈소 앞에 앉았다. 난방을 했는지 바닥이 따뜻했다. 방한복을 여러 겹 껴입어서 점점 더워졌다. 입고 있던 라이더복을 벗었다. 안내실로 찾아갈까 생각하는 중에 밖에서 발소리가 들렸다.

“식장을 다 뒤졌잖아. 도망간 줄 알았어.”

견인차 기사였다. 여자가 안으로 들어와 바닥에 털썩 앉는다.

“담보가 있는데. 뭔 걱정이래요.”

여자의 반말이 거슬렸지만 셈을 치르면 다시 볼 일이 없다. 그는 견인차 짐칸에 묶여 있는 오토바이를 생각했다.

“대타 뛸 때는 건수가 많아야 하는데, 장례식장 오자고 할 때부터 알아봤어야지. 에이, 재수 옴 붙었어.”

폭설만 내리지 않았더라면 견인차를 탈 일도, 여
자를 만날 일도 없었다. 그에게 여자가 손을 내밀었
다. 원하는 게 뭔지 안다. 그도 직원에게 배달비를
받아야 줄 수 있었다. 직원은 오지 않는다. 콧잔등
에서 땀이 흘러내렸다. 여자도 더운지 입고 있던 점
퍼를 벗었다. 상주와 조문객을 위해서 튼 난방이 그
와 여자에게는 너무 따뜻했다.

"직원이 오면 준다니까요."

빈 식장에 그의 목소리만 울린다. 김건아의 상주
는 어디로 갔을까. 폭설로 인해 길이 막혀서 오도
가도 못하는 상황일 수도 있고 아니면 아직 연락을
못 받았는지도 모른다. 그와 여자가 상주 대신 빈소
를 지키고 있는 셈이다. 언젠가 인터넷에서 상주 대
신 곡을 하는 아르바이트가 있다는 글을 읽었다. 가
족이 없어서 그런가, 아니면 상주가 몸이 아픈 건
가, 별의별 상상이 다 떠올랐다. 마지막에 든 생각
은 '귀찮아서'였다. 그는 입이 썼다. 위패만 있는 이
빈소도 뭔가 사연이 있는 것 같았다. 그는 쭉 뻗은
두 다리를 오므렸다. 직원을 만나는 일이 이제는 급
하게 느껴지지 않았다.

뜨끈한 방에 몸을 지지니 나른하고 배가 고팠다. 그는 부엌 쪽으로 가서 기웃거렸다. 일회용 그릇도, 수육도, 시래깃국도, 커피믹스도 없었다. 한 번도 사용하지 않은 것처럼 깨끗했다. 정수기가 빈 냉장고 옆에 놓여 있었다. 그는 냉수를 마시면서 땀을 식혔다. 안에 입은 셔츠가 축축했다.

"물 한잔 드릴까요?"

여자가 고개를 끄덕였다.

"언제까지 기다릴 거야? 밖에 나가서 찾아보기라도 하지."

그는 두꺼운 방한 신발을 두고 신발장에 있던 슬리퍼를 꺼내 신었다. 문을 나서는데 안내실 쪽에서 검은 양복을 입은 남자가 다가왔다.

"사무실에서 연락은 받았습니다. 늦어서 죄송합니다."

"화환은 빈소에 뒀습니다."

그는 직원을 따라 다시 안으로 들어왔다. 여자가 엉거주춤 일어섰다. 직원은 꺼진 향을 빼고 새로운 향에 불을 붙여 향로에 세웠다. 배달을 올 때마다 맡는 냄새였지만 익숙해지지는 않았다. 직원은 두

손을 가지런히 모아 묵념하고, 근조 화환에 있던 국
화를 한 송이 뽑더니 위패 앞에 두었다. 그와 여자
는 뒤에 서 있었다. 둘의 목적은 조문이 아니었다.
이제는 김건아라는 고인을, 빈소를, 장례식장을, 여
자를 벗어나고 싶었다. 직원이 빈소에서 접객실로
나왔다. 그와 여자도 따랐다.

"대금을 주셨으면 합니다."

그는 장례식장에 오면 퀵비나 화환 대금을 입구
에서 받았다. 접객실에서 돈 이야기를 하려니 어색
했다.

"드려야죠. 근데 식장 대여비를 내고 나니 돈이
모자랍니다. 사무실에서 연락이 올 때까지 조금만
더 기다려 주십시오."

기다려 달라는 말을 저녁 내내 듣고 있었다. 견인
서비스를 부를 때, 직원을 기다릴 때, 돈을 받을 때.
고객에게 물건을 배달할 때 금기시되는 말이 기다
려 달라는 말이었다. 퀵이라는 말처럼 빠른 배송이
무엇보다 중요하기 때문이다. 차선과 신호 위반을
자주 했다. 처음 일할 때는 교통위반 고지서를 한
달에 열댓 장씩 받았다. 요령이 생기면서 그런 일은

줄어들었다. 그는 여자를 보면서 고개를 끄덕였다.

직원이 어디서 들고 왔는지 자양강장제를 한 병씩 줬다. 여자는 바로 마시고 그는 주머니에 넣었다. 세 명이 함께 마주 보고 앉아 있지만 오가는 말은 없었다.

"왜 영정이 없어요?"

그가 직원에게 궁금한 것을 물었다. 위패만 있는 것이 신경 쓰였다.

"사진을 찾을 수가 없어서요."

그는 휴대폰을 바라봤다. 예전 직장에서 퇴사하면서 그는 사진 폴더를 모두 삭제했다. 지금은 오토바이 사진만 저장했다. 자꾸 들여다봐야 익숙해지니까. 오토바이 속도가 빠를수록 맞바람이 심하다고 동료에게 말했다. 배달하면서 바람이 주는 저항을 견디려 했다. 퀵서비스를 같이하던 동료는 오토바이를 몰면 바람이 가장 성가셔서 바람을 거스르면 사고가 나, 바람길이 보이면 그리로 가야 한다고 귀뜸해 줬다. 오토바이가 구르고 나서야 그는 바람에 길들여져야 한다는 걸, 몸을 맡겨야 길을 만날 수 있다는 걸 알았다. 경주용 오토바이에 관심이 갔고 부산에 있는 경기장을 방문하기도 했다. 내년 봄에 개설하는 아마추어를 위한 강습을 신청해 놓은 터였다.

"아무 사진이나 쓰면 안 되나요? 얼굴만 알아보면 되잖아요."

"그럴 수 있다면 좋겠습니다. 연락을 해 봤지만 보내시겠다는 분들이 없었습니다."

"가족이 버린 거군. 얼마나 애를 먹였으면. 안 봐도 훤하다."

여자가 혀를 찼다.

그는 늦게 도착한다고 막말을 하던 고객을 떠올렸다. 헬멧의 실드에 침을 뱉는 이도 있었다. 민얼굴이 아니라서 다행이었다. 닦으면 되니까. 그는 문제 고객의 전화번호를 저장해 두고 두 번 다시 그들의 일을 맡지 않았다.

"그런 게 아닙니다."

직원이 여자를 보며 미간을 찌푸렸다.

"무슨 사연이 있나 봐요?"

그는 돈을 받는 것도 여자에게 돈을 갚아야 하는 것도 알았지만, 김건아라는 사람이 궁금해졌다.

"공단에서 일하던 근로자였습니다. 산재를 당해서 거동이 불편했다고 하더군요. 외상 후 스트레스를 이기지 못했다고, 유서에 쓰여 있었습니다. 가족들이 시신 인수를 거절했습니다. 누나가 장례를 잘 치러 달라고 말하더군요."

그는 빈소가 썰렁한 이유를 알 것 같았다. 세상, 지인, 가족, 자신에게조차 내쳐진 김건아. 발 디딜 곳을 정하지도 못하고 휘청이다가 넘어져 버린 사람. 그는 회사에서 자신을 밀어낸 과장을 떠올렸다. 정지된 자동차 사이를 곡예 주행하던 오토바이를 쫓아가지 않았더라면 여기 누워 있는 사람이 자신일 수도 있었다.

"사는 게 지랄 맞을 때도 있지. 나도 그랬으니까."

여자의 시선이 빈소를 향했다. 빈소의 향은 어느새 다 타서 재가 되었고, 허물어져 내려앉았다. 여자의 입가 주름이 오글거리며 모였다. 뭔가 할 말이 있는 듯 입술을 달싹이다가 그만둔다. 그는 직원이 건넨 오만 원을 받아 여자에게 준다. 벗어 놓았던 옷을 입고 여자가 빈소를 나갔다.

그는 김건아의 위패 앞에 섰다. 새 향을 꺼내 불

을 붙여서 향로에 세웠다. 직원처럼 국화를 한 송이 뽑아 위패 앞에 놓았다. 향에서 나는 연기가 위로 치솟고 있었다. 그는 김건아에게 어떤 인사를 건네야 할지 잠시 고민을 했다. 안내실의 직원이 했던 말이 생각났다. 저승에서는 일하지 말고 놀고 먹으라고. 김건아가 그와 여자를 이곳으로 오게 했는지도 모른다. 그는 넥워머를 두르고 밖으로 나왔다. 대설주의보가 경보로 바뀌었다는 안내 문자가 왔다.

여자는 차를 입구 가까이 대고 있었다. 그는 견인차 짐칸에 실린 오토바이를 바라봤다. 눈에 덮인 시트가 보였다. 낡아서 색이 바랜 허벅지 부분도, 바닥에 끌려 흠이 난 바디도, 부서져 덜렁거리던 소음기도 하얗게 변했다. 시트 위에 있던 눈을 한 줌 가만히 집었다. 살짝살짝 힘을 주니 뽀드득거리는 소리를 내며 몸피가 줄어들었다. 시원한 것이 손금을 타고 흐르는 것 같았다. 창문에 쌓인 눈을 와이퍼는 쉴 새 없이 치웠다. 흩날리는 눈발을 떨쳐 내기는 힘겨워 보였다. 여자의 차도, 그의 오토바이도, 장례식장도 눈을 온몸으로 맞았다.

그와 여자는 왔던 길을 되돌아갔다. 숲도 흰 눈에 덮여 어둠을 걷어 내고 있었다.

불만에 가득 찬 눈사람을 발견했다. 그가 흰옷을 입은 사람이라고 착각한 이였다. 여자에게 차를 세우라고 말했다. 그는 주위를 둘러봤다. 오토바이가 넘어질 때 부러진 사철나무가 눈에 들어왔다. 잎을 떼고 가지를 다듬었다. 곁가지가 꺾어진 부분은 눈썹으로, 말랑한 속 가지는 입술로 만들었다. 코를 만들어 줄 만한 것을 찾았지만 마르다가 얼어 죽어 가는 풀만 보였다. 코를 어떻게 세워야 할지 고민했다. 어느새 여자가 그의 옆에 서 있었다. 그에게 기다란 가지 하나를 건넸다. 그는 그것을 코 부분에 꽂았다. 봄이 되어서 가지에서 뿌리가 생기고, 잎이 나고, 나무로 자라는 상상을 했다. 그도 모르게 입가가 올라갔다. 기다란 코 때문일까, 눈사람의 얼굴 윤곽이 선명하게 보였다. 여자가 눈사람을 한참 쳐다본다. 시야를 가릴 정도로 눈은 뿌옇게 내린다.

"이놈의 눈이 미쳤나 그치질 않네."

여자가 툭 내뱉는다. 그는 눈사람을 물끄러미 봤다. 무언가가 허전했다. 주머니에서 장갑을 꺼내 눈

사람에게 끼웠다. 펼쳐진 손바닥이 접히고 주먹을 쥔 눈사람이 바닥을 짚고 일어선다. 어깨에 쌓인 눈을 툭툭 털고, 두르고 있던 머플러를 고쳐 맨다. 눈썹이 잠깐 떨리더니 움직이기 시작한다. 징검돌처럼 발자국 하나가 눈 위에 찍힌다. 눈사람은 천천히 숲으로 걸어간다. 견인차 창문이 열리더니 여자가 그를 부른다. 그는 선뜻 차를 향해 한 발을 딛지 못한다. 멀어져 가는 눈사람을 눈으로 좇고 있다.

얼음 창고

나는 얼음을 자르고 있는 문 씨를 보았다. 두 동강이 난 얼음은 자로 잰 듯 길이가 비슷해 보인다. 문 씨는 소매로 땀을 훔쳐 내고 한 토막을 다시 자르기 위해 얼음 위에 홈을 파고 전기톱을 가져다 댔다. 전원 스위치를 올리자 켜질 듯하다 만다. 아무 소리도 내지 않고 잠잠하다. 플러그를 뺐다 다시 꽂아 보았지만 전기톱은 움직이지 않는다. 수염이 듬성듬성 있는 턱에 땀이 맺혔다. 전기톱과 씨름하던 그는 톱을 바닥에 내동댕이쳤다. 아무리 만져도 손에 익지 않는다고 투덜거렸다.

　허리를 두드리며 서 있는 문 씨 뒤쪽으로 얼음 창고 문이 보였다. 창고 문은 문 씨의 바지처럼 낡았고 못 보던 종이가 붙어 있었다. 5월 20일까지 창고를 철거해 달라는 내용의 공고문이었다. 한 달 전부터 환경미화를 위해 무허가 건물을 철거한다는 현수막이 상가 앞에 걸려 있었다. 커피 잔을 평상 가장자리에 놓았다. 나는 상가에서 '커피 이모'로 통했다. 상가를 누비며 배달을 하다 보니 얻은 별명이다.

문 씨가 전기톱을 처음 사용했을 때가 생각났다. 내가 신신상가에 발을 디디고 자리를 막 잡던 시기였다. 얼음처럼 차가운 표정의 남자가 얼음을 자르고 있었다. 연장은 나무 자르는 톱을 사용했다. 톱날이 얼음에 닿을 때마다 하얀 눈이 평상에 쌓였다. 눈처럼 부드럽게 뭉쳐지지는 않았다. 하지만 손에 전해지는 시원한 느낌은 눈과 같았다. 얼음을 가지고 장난치는 내 모습을 보고 문 씨가 상가에 뭐 하러 왔냐고 물었다. 봄볕 같은 따뜻한 말투였다. 나는 가게를 얻어 장사를 할 거라고 했다. 문 씨의 도움으로 얼음 창고 옆 상가를 얻을 수 있었고, 그가 부재중일 때 얼음을 대신 팔아 주곤 했다. 커피 배달이 잦아질 때쯤 문 씨의 나무 손잡이 톱이 부러져 버렸다. 얼음에 홈을 파 주지 않아 이에 물렸다고 했다. 얼음에도 이가 있다는 걸 처음 알았다.

문 씨가 공고문을 잡아뗐고 네 조각으로 찢었다. 떨어진 종잇조각 너머로 사주문의 기둥이 보였다. 신신상가를 살리기 위해 홍보 차원에서 짓는 문이다. 현판만 달면 문 준공식을 할 거였다. 사주문의 첫인상은 짓다 만 절처럼 보였다. 벽 없이 지붕과 기둥만 덩그러니 세워져서 어떻게 보면 을씨년스러웠다. 갈색과 초록으로 단청을 칠하는 데 꼬박 보름이 걸렸다. 화사한 단청은 신신상가의 녹슬고 오래된 건물들과 어울리지 않았다. 해가 질 무렵이면 기둥의 그림자들이 길게 늘어서 인도를 어두침침하게 만들었다.

사주문 건설업자인 엄 소장이 갑자기 나타났다. 뒤에 서 있었던 모양이다. 그는 바닥에 떨어진 조각난 공고문을 힐긋 봤다.

"내일까지입니다."

문 씨는 엄 소장의 말에 뒤도 돌아보지 않았다.

"커피 이모, 넉 잔."

엄 소장은 커피를 자주 시켜 먹었다. 사주문 공사

를 하면서 커피 매출은 늘었다.

"아 그리고, 얼음을 다른 걸로 써. 어제 먹고 배탈 났어."

그 말을 듣고 문 씨가 얼음을 자르던 평상에서 내려섰다. 엄 소장이 몇 걸음 뒤로 물러났다. 문 씨의 눈가가 반짝였다. 너무 작아 있는 듯 없는 듯한 문 씨의 눈동자를 확실하게 보기는 처음이었다. 번들거리는 눈빛이 얼음을 닮았다. 차갑고 서늘했다. 나는 두 사람을 떼어 냈다. 문 씨와 엄 소장이 싸움을 한다면 커피 판매가 줄어들지도 모른다.

"얼음도 식품인데 위생에 신경 써야 안 됩니까? 매연에 절은 음식은 불량식품이죠."

엄 소장은 문 씨를 보며 어린아이 놀리듯 한마디를 더 하고 사주문 쪽으로 갔다.

승강장에 버스가 서더니 흙먼지를 일으키며 한 무리의 사람들을 싣고 떠났다. 문 씨는 분이 풀리지 않는지 평상 위에 남아 있던 얼음 가루를 얼굴에 문질렀다.

사주문 앞에 사람들이 모여들었다. 엄 소장이 한 남자와 이야기를 하고 있었다.

"이쪽으로 옮기면 어떨까요?"

"눈에 거슬리지 않네요. 사주문이 잘 보이겠어요."

엄 소장의 고갯짓 한 번에 삽차가 승강장 표지판 앞으로 다가섰다.

신신상가가 생긴 이래로 장승처럼 굳건히 자리를 지키고 있던 승강장 표지판에 끈이 매어졌다. 엔진이 몇 번 기합 소리를 내자 표지판의 밑동은 쉽게 흔들렸다. 삽차의 힘은 표지판의 저항을 순식간에 없앴고, 파르르 떨고 있던 기둥은 이내 움직임을 멈추고 바닥에 버려진 고철처럼 누워 버렸다. 매일 출퇴근하면서 지나치던 승강장 표지판은 끈에 매달려 삽차가 움직이는 대로 끌려다니다가 얼음 창고 앞으로 옮겨졌다. 고철이 되어 버린 승강장 표지판은 어떤 이정표의 역할도 하지 못했다.

문 씨는 창고 옆에 누워 있는 표지판을 노려봤다.

"불법 건물 철거반이 오면 나중에 한꺼번에 실어 가면 돼!"

엄 소장이 인부들이 다지는 땅을 지켜보며 말했다.

"깨끗해졌네요."

남자는 만족스러운 미소를 지었다. 사주문 앞으로

간 남자가 주위를 둘러보고는 엄 소장에게 말했다.

"저, 저 얼음 창고 빨리 치워요."

"내일이면 끝납니다."

문 씨가 남자에게 다가서려 하자 엄 소장이 막고 나섰다. 햇빛에 바래 누런색을 띤 창고는 버스표지판 하고 같이 신신상가 입구에서 삼십 년을 지냈다. 문 씨는 얼음 창고를 올려다봤다. 글자는 지워져 흔적만 보이고 녹물과 찌든 때가 덕지덕지 붙어 있었다. 새로 단장한 사주문 옆의 창고는 더 낡아 보였다. 엄 소장의 입술이 씰룩거렸다.

"이 집 얼음 먹으면 배탈 난다고, 위생과에 신고해 버릴까?"

문 씨가 얼음을 자르던 평상 위로 뛰어올랐다. 자르다 만 얼음 두 덩이가 햇볕 아래서 녹고 있었다. 문 씨는 한 덩이를 엄 소장에게 던졌다. 바위처럼 둔탁한 소리를 내며 떨어진 얼음은 몇 바퀴 구르더니 엄 소장 앞에 멈췄다. 엄 소장이 얼음에 발을 올리고 문 씨를 쳐다봤다. 얼음이 녹으면서 안전화에 묻어 있던 흙이 섞여 흘렀다. 문 씨는 엄 소장에게 한 덩이를 마저 던졌다. 시멘트 바닥에 떨어진 얼음은 산

산조각이 났고 파편이 승강장 표지판을 맞췄다.

"엄마, 겨울이 다시 와?"

구경을 하던 아이 하나가 부서진 얼음을 보고 말했다. 엄 소장은 문 씨를 뒤로하고 남자와 사주문 쪽으로 사라졌다.

"사장님 각얼음 하나 줘요."

나는 문 씨를 살피며 말했다.

"오늘은 장사 그만할래. 다른 데 가서 사."

문 씨는 창고 문을 잠그고 사주문과 반대 방향으로 가 버렸다. 매지구름 한 조각이 하늘에 떠 있었다.

오후 들어 햇살이 피부를 뚫고 들어올 정도로 강해졌다. 민소매 셔츠를 입었지만 더위는 가시지 않았다. 각얼음 하나를 입에 넣고 오물거렸다. 엄 소장이 안전화에 묻은 흙을 털면서 들어왔다.

"빙수 하나."

하루에도 네댓 잔을 마셔야 커피를 먹은 것 같다던 엄 소장의 주문이 바뀌었다. 그의 목에는 철 이른 휴대용 선풍기가 걸려 있었다. 커피를 타려던 손을 멈추고 얼음을 갈았다. 파란색 투명 그릇에 설산처럼 쌓인 얼음 가루는 보기만 해도 시원했다. 플라스틱 간이 의자에 걸터앉은 엄 소장의 시선이 빙수 그릇에 고정되었다. 팥과 연유를 넣은 빙수였다.

"에어컨 없어?"

빙수를 입에 떠 넣으며 엄 소장이 말했다. 오월인데도 폭염주의보가 내렸다.

"공사는 언제 끝나는데요?"

"현판만 달면 돼."

빙수 안의 팥을 가장자리로 밀어내며 엄 소장은 입을 그릇에 가져다 댔다. 내려놓은 그릇 안에는 으깨어지다 만 팥들이 남았다. 투명한 밑바닥에 쌓인 팥의 모습이 작은 동물들이 모여 있는 것처럼 보였다. 엄 소장은 남은 팥을 숟가락으로 눌러 부셨다. 팥의 둥그런 형체는 사라지고 진흙탕 같은 팥물이 그릇을 채웠다. 흙바닥에서 더럽혀진 채 녹아 가던 문 사장의 얼음이 생각났다.

"얼음집은 언제 떠난대?"

그릇을 테이블 귀퉁이로 밀치며 말했다.

"여기 터줏대감인데 비키겠어요. 그 땅 불하받으려고 알아보던데."

"아이고 두야."

빙수를 빨리 먹어서인지 아님 문 씨 때문인지 엄 소장이 머리를 감쌌다. 엄 소장의 찡그린 얼굴을 보자 얼음 창고 문을 닫던 문 씨가 떠올랐다. 얼음 창고가 없어지면 문 씨가 어디로 갈지 궁금했다. 다른 곳에 상가를 얻더라도 지금처럼 익숙해지려면 또 얼마나 시간이 흘러야 할까. 그의 나이 오십이 넘었다. 망설임이 있을 수밖에.

"아까 같이 있던 사람은 누구예요?"

"구청 건축과 공무원. 사주문 보러 왔잖아."

"창고 살릴 방법 없을까요?"

"벌써 끝난 일야."

엄 소장은 안전화에 묻어 있던 흙을 손가락으로 긁어냈다. 잘 떨어지지 않는지 한참을 씨름 중이다.

"이놈 왜 이렇게 질겨."

엄 소장의 목소리가 어른 하나가 누우면 꽉 찰 정도로 좁은 커피숍 벽면을 때렸다.

더위 때문인지 냉장고가 쉴 새 없이 돌아갔고 좁은 실내는 열기로 가득했다. 엄 소장은 이마를 타고 흐르는 땀을 닦지도 않고 그대로 두었다. 환기를 위해 열어 놓은 문으로 문 씨가 급하게 들어왔다.

"커피 이모, 창고 문 못 봤어?"

"네?"

빙수 그릇을 치우며 쳐다본 문 씨의 얼굴에는 팥죽색 땀이 흐르고 있었다. 즐겨 신던 장화는 어디 두고 못 보던 낡은 운동화를 신었다.

"문은 문집에 있지. 여기서 왜 찾아!"

엄 소장이 목에 건 휴대용 선풍기를 만지며 말했다. 문 씨가 그제야 그를 발견했는지 흘끔 봤다. 엄 소장은 허리를 펴며 등을 벽에 기댔다. 그리고 입꼬리를 올렸다. 문 씨는 손을 맞잡고 비비기 시작했다. 수금하러 올 때마다 보던 버릇이다. 얼음값 달라는 말을 못 해 한참을 서서 기다리곤 했다.

"얼음 창고 문이 사라졌어!"

"문에 발이 달린 것도 아닌데 왜 없어져요?"

문 씨는 내 손을 잡고 끌었다. 얼음 창고는 치아가 다 빠진 할머니 입처럼 구멍이 났고 문이 있어야 할 곳에는 비틀린 경첩만이 자리를 지키고 있었다. 얼음 창고에 들어갔다 나오기를 문 씨는 반복했다. 파이프에 맺힌 성에는 굵은 눈물을 뚝뚝 떨어뜨리고, 바닥에 있는 긴 얼음은 가운데부터 구멍이 나기 시작했다. 문 씨는 녹고 있는 얼음을 냉기가 남아 있는 벽면 쪽으로 밀고, 고인 물을 퍼냈다. 냉동고 지붕 위에 있는 팬은 문 씨가 물을 퍼내는 속도보다 빠르게 돌아갔다. 바닥에 흥건하던 물이 없어지자 문 씨는 굽었던 허리를 곧게 세웠다.

나는 얼음 창고 안으로 들어섰다. 에어컨을 튼 것처럼 시원해서 밖으로 나가고 싶지 않았다. 식용 각 얼음은 벌써 다 녹았는지 봉긋하던 봉지가 납작해졌다. 새로 거래를 할 얼음집을 찾아야 할지도 모른다. 언제 왔는지 엄 소장이 내리쬐는 햇볕을 손으로 가리며 얼음 창고 앞에 서 있었다. 그는 평상 위로 뛰어오르더니 창고 안으로 들어왔다.

"으, 시원타."

엄 소장을 보고 문 씨는 얼음처럼 굳었다. 이마 위로 차가운 물방울이 떨어져 내렸고 창고 바닥에 고이기 시작한 물의 수위가 다시 올라갔다. 엄 소장은 신발 밑창에 묻어 있던 흙을 바닥에 비비며 닦아냈다. 얼음물은 흙탕이 되었다.

엄 소장이 신발을 탁탁 털면서 밖으로 나갔다. 문

씨는 투명하던 얼음이 점점 탁해지는 모습을 지켜보다 손에 쥐고 있던 바가지를 떨어뜨렸다. 붉은 바가지가 물 위를 떠다녔다. 천정에 맺혀 있던 물방울이 바가지 안으로 떨어질 때마다 얼음 창고 안이 울렸다.

"얼음을 지켜야 돼."

문 씨의 혼잣말이 문이 사라진 창고 안을 떠다녔다.

"문 사장님, 큰 비닐을 구해서 입구를 막아요."

내 제안에 정신이 든 듯, 창고 밖으로 나온 문 씨는 상가 철물점으로 뛰기 시작했다. 그의 녹색 조끼가 시야에서 점점이 사라졌다.

"이사 비용 부담할 수 있는데."

엄 소장이 기지개를 켜며 말했다. 나도 모르게 고개를 끄덕였다. 난장판이 된 창고가 그곳에 덩그러니 놓여 있었다. 엄 소장이 입꼬리를 무너뜨리며 웃었다. 문 씨가 한자리에 있지 않은 게 다행이었다.

문 씨가 파란 비닐 천막을 들고 나타났다. 천막은 입구를 가리기에 충분했다. 누렇게 낡은 창고와 파란색 천막은 어울리지 않았다. 창고는 가쁜 숨을 헐떡이며 파랗게 질려 버린 혀를 늘어트리며 죽어 가는 동물처럼 보였다. 문 씨는 창고 안의 냉기가 새지 않게 하려고 바닥에 천막을 고정했다. 벽돌 세 개가 나란히 줄지어 섰다. 주름진 천막을 펴려고 문 씨는 다림질하듯이 손을 놀렸다. 죽을 위기에 처한 동물에게 심폐소생술을 하는 듯 손동작이 섬세했다. 천막의 옆 부분은 미세하게 벌어졌고 그 틈으로 냉기가 계속 새어 나왔다. 문 씨는 평상에서 뛰어내려 창고를 바라봤다. 벗어진 이마에 머리카락 몇 가닥이 흘러내렸다.

"다행이다."

문 씨가 흘러내린 머리를 넘기며 말했다.

"시발, 더 흉측해졌네."

엄 소장이 못마땅한 얼굴로 문 씨를 바라봤다. 인부로 보이는 남자가 엄 소장을 향해 다가왔다.

"소장님, 현판 달 위치 확인해 주소."

엄 소장은 남자를 따라 사주문을 향해 잰걸음으로 갔다.

"사장님, 창고 문은 어떻게 할 거예요?"

"찾아야지. 아침까지도 멀쩡하던 문이 사라졌잖아."

"고물상부터 가 보죠."

문 씨는 내 말에 동의하며 두 정거장 위에 있는 고물상을 향해 휘청거리며 걸어갔다.

상가의 간판들에 하나둘 불이 들어오기 시작했다. 아직 해는 지평선으로 내려올 기미가 없어 보였다. 커피 배달 주문도 뜸해졌다. 더위는 가시지 않고 냉장고는 쉼 없이 돌아갔다. 주판에서 얻어 온 냉장고 유리문에서는 연신 물이 흘러내렸다. 행주로 닦아 내는데 뒤에서 인기척이 느껴졌다. 문 씨가 흙 묻은 옷을 입고 서 있었다.

"냉커피 하나 말아 줘."

커피 잔을 받아 든 문 씨의 손이 가볍게 떨렸다.

"사장님, 문은 찾았어요?"

문 씨는 커피를 냉수처럼 벌컥 들이켜다 말고 나를 올려다봤다.

"수레 좀 빌려줘. 빌어먹을 것들."

출퇴근할 때 밀고 다니는 수레를 내줬다. 나를 물끄러미 보던 문 씨가 종이컵을 우그러뜨렸다.

"거기다 갖다 버리면 못 찾아낼 것 같아?"

"어디 있던데요?"

"나 좀 도와."

나는 선뜻 따라나섰다. 문이 어디 있었는지 궁금하기도 했다. 먼저 눈에 들어온 것은 '사고 주의'라는 노란색 팻말이었다. 해거름녘의 어스름한 빛은 창고 문을 누더기처럼 보이게 만들었다. 사주문 공사를 하면서 철거된 보도블록과 기와 공사를 하면서 남은 황토와 기초 공사를 하면서 버려진 흙들이 어지러이 널려 있었다. 창고 문 표면에는 무언가에 찍힌 듯 움푹 팬 상처가 여럿 나 있었다. 문 아래쪽에는 황토 흙이 덕지덕지 묻어 있었고, 페인트칠이 벗겨져 은색 속살이 드러났다.

문 씨는 '사고 주의' 팻말을 발로 차 버렸다. 폐자재가 늘어져 있는 공터로 들어가 문을 일으켜 세우기 위해 힘을 쓰기 시작했다. 문은 일어날 듯, 일어날 듯하다가 다시 누워버렸다. 무게 때문에 일으켜 세우기가 쉽지 않아 보였다. 힘에 부치는지 문 씨의 숨소리가 거칠어졌다.

"문 사장님, 내일 사람 불러서 옮겨요."

문 씨는 손짓으로 나를 불렀다. 바짓단을 걷어 올리고 공터로 들어갔다. 문을 앞뒤로 잡고 끌다시피

해서 수레에 겨우 실었다. 어둠이 내리고 있었다.

얼음 창고 입구를 막은 천막은 어둠 속에서 검은 맨홀처럼 보였다. 문 씨는 문을 문틀에 맞추기 위해 조금씩 움직였다. 갑자기 눈이 부셨다. 잠깐 암흑이 찾아왔다가 사물들이 희미하게 보이기 시작했다. 사주문에 설치한 조명에 불이 들어왔다. 경주 안압지에서 본 적이 있다. 밤인데도 안압지의 건물들이 낮에 본 것처럼 환하게 보였다. 문 씨도 손으로 눈을 비볐다. 온몸으로 받치고 있던 창고 문이 순간 흔들거렸다. 문이 바닥에 내동댕이쳐지고 그나마 붙어 있던 경첩은 떨어져 나갔다.

불빛에 드러난 창고 안은 뒤죽박죽이었다. 흘러내리던 물은 고드름처럼 얼어 있었고, 바닥은 아이스링크 같은 두꺼운 얼음으로 덮여 있었다. 창고에 쌓여 있던 장얼음은 어떤 것은 녹아 바닥과 하나가 되고, 어떤 것은 호수 위에 떠 있는 인공 섬같이 솟아 있기도 했다. 벽면에는 얼음을 자르는 데 쓰이는 가는 톱과 집게가 고드름과 같이 얼어 있었다. 걸어 놓았던 집게가 흔들리면서 위태하게 매달려 있던 고드름을 건드렸다. 떨어지던 고드름이 문 씨를 때렸다. 이마에 붉은 혹이 뿔처럼 부풀어 올랐다. 문 씨는 눈만 끔뻑거렸다. 바닥에 떨어져 있던 경첩을 주워 주머니에 넣고 문을 일으켜 세우기 위해 안았다. 문은 겨우 네 귀퉁이가 맞게 들어갔다. 창고 지붕에 있던 팬이 신나게 돌아가기 시작했다.

창고 문에 나 있는 흠을 보던 문 씨가 사주문 지붕을 흘겨봤다.

"어떻게 하면 넘어질까?"

"뭘요?"

나는 문이 사라진 충격을 이제야 받는 건가 하고 생각했다. 문 씨는 신중한 걸음으로 사주문을 향해 나아갔다.

지나가던 아주머니 한 사람이 버스 승강장이 없어졌다며 두리번거렸다. 문 씨는 손짓으로 창고 앞으로 옮겨 간 버스 표지판 기둥을 가리켰다. 사주문이 드리운 그림자 아래에 서 있는 기둥은 눈에 선뜻 띄지 않았다. 아주머니는 얼음 창고 주변을 뱅뱅 돌면서 당황해했다. 내가 창고 앞에 있다고 말하자, 없어진 줄 알았다며 어두웠던 얼굴빛이 밝아졌다. 막차가 아직 가지 않았다고 안도의 한숨을 쉬었다.

사주문을 가리키며 뭐냐고 물었다. 전통한옥 양식의 문이라는 내 말에 돈이 썩어난다고 했다.

사주문의 네 기둥은 골리앗 크레인의 거대한 다리처럼 땅을 딛고 서 있었다. 육중한 다리가 문 씨를 밟아 으스러트릴 것 같았다.

문 씨는 상가 안쪽을 향해 있는 기둥을 힘껏 안았다. 흰색을 띠고 있던 기둥에 황토색 무늬가 생겼다. 문 씨는 기둥을 오르려다 번번이 미끄러졌다. 그가 두 팔로 안기에는 기둥이 너무 두꺼웠다. 문 씨가 기둥과 씨름하는 사이, 엄 소장이 다가왔다.

나도 모르게 그의 앞을 가로막았다. 엄 소장이 나를 밀치고 문 씨의 허리를 잡아끌었다. 문 씨가 접착제를 바른 듯 기둥에 달라붙었다. 둘의 실랑이가 연극의 한 장면처럼 보였다.

엄 소장이 문 씨를 기어이 기둥에서 떼어 냈다. 바닥에 널브러져 있던 문 씨가 엄 소장을 향해 검은색 물건을 꺼내 들었다. 얼음 창고에서 보았던 집게였다.

"세금 낸다고 했잖아."

문 씨가 악을 써 댔다.

"다 끝난 일 조용히 마무리하죠."

엄 소장이 손으로 입술을 훔치며 웃었다.

"땅, 산다고 했잖아. 불하받게 손써 줘."

"도시 환경 해친다고."

"누구를 위한 문, 문, 문이야!"

문 씨의 목소리가 어둠 속에서 빛처럼 흩어졌다. 문 씨는 집게로 엄 소장을 집으려 했고 미처 피하지 못한 다리가 잡혔다. 그는 다리를 잡아끌며 얼음 창고 쪽으로 가려 했다. 엄 소장은 끌려가지 않으려고 허벅지에 힘을 주고 다리를 몇 번 흔들었다. 문 씨가 균형을 잃더니 바닥에 내동댕이쳐진 얼음처럼 넘어졌다. 엄 소장이 집게를 낚아채 도로 쪽으로 던졌다. 차가 지나가면서 쨍그랑거리는 소리가 두어 번 들리더니 사위가 조용해졌다.

조명에 비친 엄 소장의 입술은 처마처럼 곡선을 그리며 하늘을 향해 한껏 뻗어 있었고 눈썹은 서까래를 지탱하는 대들보처럼 일자로 이마 위를 가로지르고 있었다. 잡은 먹이를 먹기 전에 여유를 즐기는 포식자같이 문 씨를 내려다봤다. 문 씨는 일어나려고 애를 썼다. 엄 소장이 앞에 버티고 서 있어서 누구도 그를 일으켜 주는 이는 없었다. 문 씨와 눈이 마주치기 싫어 나는 기둥 뒤로 뒷걸음질 쳤다. 몸을 몇 번 뒹군 끝에야 문 씨는 겨우 일어나 앉았다. 엄 소장이 문 씨의 어깨를 누르며 올라탔다.

"참, 말 많네. 엎어져 있으라고."

문 씨의 옷깃이 불빛에 날아드는 나방같이 나풀거렸다. 엄 소장은 가볍게 한쪽으로 비켜섰다. 문 씨는 휘청거리며 일어나더니 집게가 날아간 어둠 속으로 어기적거리며 걸어갔다.

폭염주의보는 해제되지 않았다. 커피 배달 주문은 밀려 있었고 오후가 되기 전에 얼음이 떨어질 것 같았다. 어젯밤에 벌어졌던 사주문 결투는 신신상가에 숨 막히는 더위처럼 퍼졌다. 상가 사람들의 질문에 배달일이 더뎌졌다. 얼음 창고 문은 굳게 닫힌 상태였으며 문 씨는 아직 출근하지 않은 것 같았다. 오후에 쓸 얼음을 어디에 주문해야 할지 막막했다. 문 씨에게 전화를 걸어 보았다. 전원이 꺼져 있다는 멘트가 사라지고 그의 목소리가 들렸다. 얼음이 있나는 물음에 문 씨는 오라고 했다.

문 씨는 창고 문에 바짝 붙어 서 있었다. 비틀어져 있던 경첩도 고쳐졌고 팬 소리도 순조롭게 들렸다. 문 씨는 내가 온 것도 모르고 뭔가를 하고 있었다. 인기척을 내자 돌아본 그의 손에는 붓과 페인트 통이 들려 있었다. 벽체는 사주문과 같은 붉은 벽돌색으로 칠해졌고 문은 초록 매실 색으로 칠이 되고 있었다. 사주문 천장의 화려한 꽃무늬가 생각났다. 뭐 하냐는 내 물음에 문 씨는 진지한 말투로 답했다.

　"예쁜 게 최고라잖아."

　문 씨는 얼음을 내줄 기색도 없이 칠에만 열중했다. 그는 그림에 생명력을 불어넣는 화가처럼 섬세했다. 문틈의 이음새도 놓치지 않았다. 칠이 마무리되어 갈 무렵 문 씨는 평상에서 내려와 지긋이 얼음 창고와 사주문을 번갈아 바라봤다. 그러고는 덧칠을 해야겠다고 중얼거리며 붓을 가다듬었다. 가지런히 빗겨진 붓은 부드럽게 벽을 쓰다듬는 듯했다. 문 씨는 손에 힘을 주는 것이 아니라 미간에 힘을 주는 모양이었다. 보통 때에는 보이지 않던 이마 주름들이 두드러졌다. 얼음 창고는 새 옷을 입었다. 문 씨는 맵시 꾸미기가 된 것처럼 보였다. 그는 가끔 고개를 갸우뚱하며 자신의 역량을 어떻게 해야 최대한 발휘할 수 있는지 생각하는 듯했다.

얼음 창고의 옷 갈아입히기가 끝날 무렵 버스의 경음기 소리가 들렸다. 창고 문에 붉은색으로 얼음이라고 글자를 적던 문 씨는 손을 삐끗했다. 글자는 매끄럽게 써지지 않았다. 문 씨는 붓을 바닥에 패대기쳤다. 그의 손과 팔에 붉은색과 연두색의 점들이 점박이 문양처럼 프린트되었다. 그가 문 옆에 선다면 사주문의 꽃처럼 보일 것 같기도 했다. 문 씨가 서 있던 평상에 시선이 갔다. 얼음 창고는 새 옷을 입었지만 평상은 낡은 그대로였다. 중간에 덧대어진 나무가 검은 평상보다 연해 두드러져 보였다. 자세히 보지 않으면 구멍이 뚫렸다고 착각할 수도 있었다. 칠을 할 거면 평상도 해야지 왜 빼먹었는지 물어보려다가 말았다.

문 씨가 나에게로 걸어왔다. 연두색 바탕의 붉은 글씨는 눈에 잘 띄었다. 얼음 창고가 여기 있다는 걸 누구나 알 수 있을 것이다. 나는 그의 얼굴에 떠오른 흡족한 미소를 본 것 같았다. 문 씨는 갈 때는 깨끗하게 가야지, 하며 중얼거렸다. 의아해하는 나를 뒤로하고 그는 버스 승강장으로 갔다.

승강장은 위치를 옮겨서 그런지 텅 비어 있었다. 어제 세웠던 표지판의 모습이 달라져 보였다. 다리가 하나인 것도 그대로, 녹물이 흘러내린 흔적도 그대로, 정차하는 버스 번호도 그대로였다. 문 씨가 표지판을 잡더니 힘을 쓰기 시작했다. 얼음 창고 앞으로 옮겨 온 승강장이 눈에 거슬렸나 보다. 삽차가 땅을 파서 묻고 난 후 시멘트로 마감을 해 놓았다. 문 씨가 아무리 힘을 써도 표지판은 움직이지 않았다. 밀고 당기고 시름을 하는 문 씨가 안쓰럽게 보였다. 언젠가 본 적 있는 철봉을 잡고 곡예를 하는 원숭이 같았다. 그만두라는 말이 목까지 올라왔지만 입 밖으로 내뱉지 못했다.

핸드폰이 울렸다. 커피 배달 주문이다. 얼음을 사러 왔다는 사실을 잊고 있었다. 문 씨를 불러 얼음을 내어 달라고 했다. 그러나 뜨거운 햇빛에 단 표지판 기둥에 손이 붙어 버렸는지 움직이지 않았다. 알아서 꺼내 가라고 퉁명스럽게 말했다. 얼음들이 녹아서 한데 뭉쳐 있던 창고 안이 생각났다. 쓸 만한 얼음이 있을 것 같지 않았다. 문 씨에게 새 얼음

을 가져다 놓았냐고 물었지만 아니라는 답만 돌아
왔다. 정오의 햇볕에 문 씨의 그림자가 짧아졌다.
냉커피 주문을 받지 못하면 손해가 많이 날 것 같았
다. 근처에 있는 마트라도 가야 했다. 문 씨가 도와
달라고 나를 잡았다. 기둥은 뽑히지 않을 거라며 나
는 거절했다.

"기울어졌어."

"뭐가요?"

문 씨가 버스 표지판의 머리 쪽을 가리켰다. 도로
쪽으로 머리 부분이 넘어가 있었다. 문 씨에게 왜
바로 세우려 하는지 물었다.

"이쁘지 않잖아."

"표지판이 예쁜 거 하고 뭔 상관인데요."

"기울어져 있으면 언젠가 또 뽑힐 거야."

나는 얼음 창고와 문 씨와 표지판을 번갈아 봤다.
깨끗한 새 옷을 입고 한낮의 태양 아래 서 있는 얼
음 창고는 예뻤다. 삼십 년 세월 신신상가를 지키
고 있던 문 씨와 표지판은 지쳐 보였다. 문 씨는 상
가에서 청춘을 흘려보냈다. 젊고 탄탄했던 몸은 사
라지고 구부정한 등과 톱질하다 다친 상처만 남았

다. 구부정한 문 씨의 등을 볼 때마다 녹슬어 가는 상가 아케이드가 생각났다. 얼마 못 가 바스러져서 상가가 사라지는 게 아닌가 하는 걱정을 하기도 했다. 홍보를 위해서 사주문을 만든다는 말이 들렸을 때 반가웠다. 먹고살기가 나아질 것 같았다. 문 씨도 어떤 문이 들어서는지 궁금하다고 말하곤 했다. 얼음 창고 옆으로 보이는 사주문은 신상품처럼 말끔해 보였다. 나도 문 씨처럼 상가와 함께 살아가야 한다. 사주문이 들어섬으로 해서 상가가 살아난다면 가게의 매출은 오를 것이고 미래를 준비하는 데 도움을 받을 것이다. 문 씨에게 그만두라고 다시 말을 했다. 그는 바닥에 힘없이 주저앉았다. 엄 소장이 횡단보도를 건너왔다.

그는 문 씨를 본척만척하며 손에 들고 있던 종이를 얼음 창고 문에 붙였다. 어제 보았던 공고문이었다.

"한 시에 뜯으러 옵니다."

얼음 창고 철거가 정해진 듯했다. 바닥에 너부러져 있던 문 씨는 일어나지 않고 창고 문에 붙은 종이가 나부끼는 모습만 쳐다봤다.

버스 경음기가 거칠게 울었다. 할머니 한 분이 버스 앞에 누워 있었다. 버스를 타기 위해 횡단보도의 마지막 점멸 신호를 무시하고 건너온 것 같았다. 버스 승강장은 횡단보도와 가까웠다. 버스는 사람들을 태우기 위해 횡단보도에 정차했다. 구급차를 불러야 한다는 사람들의 외마디 소리만 들렸다. 엄 소장도 구경꾼으로 버스 주위를 서성댔다.

　문 씨는 표지판 기둥을 잡고 일어나려고 버둥대다 누워 버렸다. 정오의 햇볕이 피부에 닿자 뜨겁다 못해 따가웠다.

　점심시간이 지나 엄 소장은 삽차와 함께 얼음 창고 앞에 섰다. 그는 문에 붙어 있던 공고문을 뗐다. 삽차의 팔이 야구 방망이를 휘두르듯이 옆면을 쳤다. 얼음 창고는 부르르 떨면서 버텼다. 문 씨는 창고의 떨림을 주먹을 움켜쥐며 보고 있었다.

　새로 이어 붙인 문이 먼저 떨어져 나갔다. 얼음 창고 내부의 냉기가 빠져나오면서 하얀 연기처럼 보였다. 그다음에 오른쪽 벽이, 왼쪽 벽이, 천장이 무너져 내렸다. 오른쪽 벽이 무너질 때는 얼음이 파편처럼 뛰었다. 왼쪽 벽이 무너질 때는 벽면에 영글어 있던 고드름들이 낙과하는 열매처럼 떨어졌다. 천장이 무너질 때는 파이프에 남아 있던 냉매가 쉬쉬 소리를 내면서 흩어졌다. 마지막으로 뒤쪽 벽만이 위태하게 서 있었다. 뒷벽이 무너지면서 얼음들이 하얀 안개처럼 흩어졌다.

엄 소장의 수신호가 다시 내려졌다.

삽차가 넘어진 창고 벽 위로 올라서더니 밟기 시작했다. 벽은 두세 조각으로 부서졌다. 문은 포터 짐칸에 실려 나부라졌다. 얼음 가루들이 바람에 이리저리 날아다녔다.

"엄마 눈이 내려요! 눈싸움할 수 있겠어요!"

구경하며 서 있던 아이가 얼음 가루를 보며 좋아했다. 문 씨는 하늘에서 하늘거리며 내리는 얼음을 손으로 받았다. 그는 입안에 그것들을 털어 넣었다. 문 씨의 볼 근육들이 바삐 움직였다. 땅에 떨어진 얼음들은 데워진 땅의 열기로 녹았다. 창고가 있던 자리는 공터로 변했다. 팥죽색 흙이 드러났다. 그곳에 건물이 있었다는 흔적을 찾아볼 수 없었다.

엄 소장은 구청에서 나온 직원을 안내하며 사주

문의 완공 여부를 보여 주고 있었다. 그가 현판을 가져오라고 직원에게 지시했다. 엄 소장이 현판의 위치를 잡고 있다. 오른쪽으로, 왼쪽으로 움직여 보지만 조금씩 어긋났다. 내일 있을 완공식에서 실수하면 안 된다고 구청 직원이 말했다. 내가 배달한 커피로 목을 축이고 엄 소장이 직원하고 자리를 바꿨다. 현판을 걸던 직원이 천정을 가로지르는 대들보를 가리켰다. 틀어졌다는 소리가 들렸다. 구청 직원이 각도계로 재기 시작했다. 대들보를 받치고 있던 기둥은 손가락 한 마디 정도 침하하고 있었다. 신신상가가 지어지기 전에 그곳이 미나리밭이었다는 말을 들은 기억이 났다. 구청 직원의 질책에 엄 소장의 낯빛이 붉게 바뀌었다.

언제 왔는지 문 씨가 내 옆에 섰다. 그의 손에는 얼음을 자르던 전기톱이 들려 있었다. 은색 날이 햇빛을 받아 서늘하게 빛났다. 문 씨가 날을 천천히 쓰다듬었다. 오늘따라 더 날카롭게 보였다. 전기톱의 전원을 켰다. 엔진 소리가 요란스럽게 들렸다. 기둥 가까이 톱을 가져다 댔다. 홈이 파이고 톱밥이 튀었다. 엄 소장이 문 씨를 말렸지만 그는 물러나지 않았다. 오목하게 팬 자리가 점점 깊어졌다. 문 씨의 톱날이 얼음이 아닌 나무 기둥을 자르고 있었다. 문 씨의 전기톱 소리와 엄 소장의 고함 소리가 상가 안을 떠들썩하게 만들고 있었다. 구경꾼들이 모여들었다. 어딘가에서 커피 이모 하고 불렀다.

나는 조각난 얼음 창고와 문 씨를 번갈아 쳐다봤다. 얼음 창고의 조각들을 실은 트럭이 상가를 빠져나갔다. 폭염에 녹는 얼음처럼 문 씨도 흔적 없이 사라져 버릴 것 같았다. 나는 문 씨를 뒤로하고 가게로 향했다. 전기톱 소리가 서서히 멀어졌다.

비거
동해로
날다

그는 딸을 기다리고 있다. 아침을 먹을 때 출발한다는 문자를 받았다. 버스로 삼십 분 거리에 사는 딸이 이따금 집으로 와 살림을 살폈다. 아내가 떠나고, 혼자 밥을 차리고 빈 그릇을 치우고, 청소하는 일에 익숙해지려고 노력했다. 멀리서 딸이 불렀다.

　아내의 손때가 묻은 의자에 앉았다. 천장을 이고 있는 장식장이 보였다. 아내는 볼 때마다 사람을 짓누르는 것 같다고 다른 방으로 치우라고 했다. 그는 눈에 띄는 곳에 있어야 자주 들여다본다고 반대했다. 칠 층짜리 장에는 비거가 크기별로 들어 있었다. 어떤 것은 두꺼운 사전만 하고 어떤 것은 시집처럼 손바닥에 들어올 정도로 작았다. 조각도를 움

직일 때마다 손등에는 칼에 베인 상처들이 늘어났
다. 아내는 많이 만들었다고 그만두라고 했다. 하루
는 아내의 말대로 비거를 만지지 않았다. 그는 물건
을 떨어뜨려 발등을 찧었고, 턱에 걸려 넘어졌으며,
길을 찾지 못해 같은 곳을 헤매었다. 비거는 그의
생활이 되었다. 아내의 따스함이 그리울 때면 그는
비거 만드는 일에 몰두했다. 기다림이 얼마나 마음
을 죄는 일인지 알고 있었다. 구순을 바라보는 지금
까지도. 누군가를 그리는 것은 세월이 간다고 옅어
지는 것이 아니었다. 기다림에 기다림을 보태면 두
배가 되는 것이 아니라 평생이 될 수도 있다.

　부엌에서 달그락거리는 소리가 들렸다. 딸이 가
지고 온 반찬을 정리하는 모양이었다. 장식장 맨 아
래 칸에 한쪽 날개가 없는 비거가 있었다. 초등학교
다닐 때 딸이 만든 것이었다. 그가 하는 것을 보고
흉내를 내 만들었다고 했다. 그는 딸에게 비거를 만
지지 말라고 화를 냈다. 열쇠로 장식장 문을 잠그고
다시 손을 대면 아빠의 얼굴을 볼 생각 말라며 윽박
질렀다. 서럽게 우는 딸을 달래지 않고 그는 헛기침
만 했다. 한쪽 날개가 미완성인 비거는 이십여 년을

그곳에 있었다.

"아버지, 꼭 가야 해요?"

딸의 손에는 사이판행 비행기 표가 들려 있었다.
그는 가족 휴양지라고 적혀 있는 안내문을 봤다. 딸
에게는 가려는 이유를 설명하지 못했다. 관절염약
과 간약, 고혈압약을 먹는 그가 혼자서 국내도 아니
고 해외로 간다고 하니 걱정이 되기도 할 거였다.
딸의 표정은 어두웠다.

"너는 누군가를 오랜 시간 기다려 본 적이 있니?"

학교를 갔다 오는 아이와 회사를 갔다 오는 남편
을 기다려 봤다고 했다. "팔십 년을 넘게 기다렸지,
그를 만나면 끝낼 수 있어."

딸은 이해를 못 하는 눈치였다. 사십을 갓 넘긴
나이에 팔십여 년의 기다림을 속속들이 알기에는
부족한 것이 당연했다. 말리는 딸에게 역정을 냈다.
가려는 자와 막으려는 자의 싸움은 가려는 자가 이
기기 마련이다. 출발하는 비행기에 몸을 싣는다는
생각만으로도 그때의 뜨거운 열기가 고스란히 마음
속에 살아났다.

"가야 되돌아올 수 있지."

딸의 걱정스러운 눈빛을 피하며 짐을 쌌다. 장식장에 있던 딸의 비거와 그가 만든 것도 두 개 상자에 넣었다.

"아시아나 항공 오제트 육공칠 탑승자 김준수님을 찾습니다. 방송을 들으시는 대로 수화물 검사실로 와 주시기 바랍니다."

그는 한 발 한 발 내딛다가 무릎이 시큰거려 그자리에 멈춰 섰다. 김해공항 국제선 청사라는 글씨만 군데군데 보일 뿐 수화물 검사실이 어디인지 알수가 없었다. 오래 걷거나 계단을 내려갈 때면 만성류머티즘으로 무릎이 부어올라 한참 주저앉았다가다시 걷곤 했다. 그는 될 수 있는 한 허리를 곧게 펴고 주위를 둘러봤다. 멀리 수화물 검사실 표지판이보였다.

누렇게 변색된 철문을 밀고 들어가자 컨베이어벨트 위로 가방들이 옮겨지고 있었다. 사람들의 웅성거림과 기계가 돌아가는 소음이 섞여 들었다. 그는 보청기의 볼륨을 높였다. 소음이 많은 곳에서는 말소리가 잘 들리지 않았다. 가지고 온 것 확실하지? 지도 검색해서 가는 방법까지 알아봤으니. 걱정하지 마. 한 남자의 손에는 낡은 전투기가 표지로 된 책이 들려 있었다. 실수하면 안 돼. 하루밖에 시간이 없단 말이야. 남자가 책을 들어 보였다. 그는 휘청거리다 파란 선글라스를 낀 남자의 어깨를 잡았다. 남자는 정색을 하며 그를 바라봤다. 남자에게 줄을 어디에 서야 하는지를 물었다. 남자가 턱짓으로 자신의 뒤를 가리켰다. 두 사람의 얼굴이 눈에 익었다. 선글라스 낀 남자와 뺨이 발그스름한 남자, 한 군은 그의 일행이었다.

검사관이 그의 이름을 불렀다. 그는 덩그러니 놓여 있던 색 바랜 가방을 끌고 왔다. 검색대에 올려야 하는데, 무릎이 삐걱거려 올릴 수가 없었다. 그는 잠시 자리를 비운 검사관을 기다려야 할지 아니면 가방을 바닥에서 풀어야 할지 고민했다. 한 군이 나서서 도와주었다. 시간 없는데, 별것이 다 말썽이야. 선글라스가 한 군의 손을 잡으며 말했다. 그는 물건들을 검색대에 늘어놓았다. 얇은 철삿줄에 나무토막, 목공풀, 한지를 검사관은 유심히 살폈다. 저게 뭐야. 개 잡동사니만 처담아 왔잖아. 옆에서 검사를 받고 있던 선글라스의 말이 들렸다. 모형 비행기를 만들 재료라고 설명했지만 검사관은 고개를 갸우뚱거렸다. 검사관은 철사를 유심히 살펴더니 가도 좋다고 했다. 선글라스와 한 군은 보이지 않았다. 그는 가방이 컨베이어 벨트에 실리는 것을 보고 검사실을 나왔다.

탑승구 통로 안은 좁았고 사람들이 그를 밀치며 지나갔다. 그는 더듬더듬 한 걸음씩 발을 옮겼다. 비행기 안은 좌석을 확인하는 사람들로 분주했다. 스튜어디스의 구명조끼 시범에 이어 기장이 사이판 날씨가 맑고 쾌청하다고 했다. 그는 창밖으로 보이는, 구름이 드문드문 낀 하늘을 올려다봤다. 승객들에게 떠밀렸던 어깻죽지가 아파 왔다. 통로 반대편에는 가족으로 보이는 나이 든 노부부, 총각 둘, 젊은 부부가 앉아 있었다. 그는 옆 좌석에 앉은 한 군에게 인사를 건넸다. 통로 맞은편에 앉은 선글라스는 비행기가 왜 빨리 날지 않냐고 투덜댔다. 그는 그제야 보청기의 볼륨을 줄였다.

비행기가 움직이기 시작하자 그는 등받이에 몸을

기댔다. 어린 시절 비행기를 쫓으며 달리던 그. 그는 하늘과 가까운 장소를 찾아 헤매다 너럭바위를 발견했다. 활주로처럼 넓은 바위에 누워 있으면 주변이 한눈에 들어왔다. 비행기 한 대가 꼬리를 길게 늘이며 바닷속으로 사라졌다. 아이들에게 자랑거리가 생겼다며 엉덩이에 묻은 흙도 털지 않고 동네로 내달렸다. 동네 어귀에서 기다리던 아버지가 그를 반겼다. 불이 환하게 켜진 마루에는 저녁상이 차려졌고 생일에나 먹는 조기가 올라와 있었다.

"아부지 올 때까지, 할머니하고 잘 있어야 한다."

조기는 살점이 발라지고 뼈만 남았다. 그가 일어났을 때 아버지는 보이지 않았다. 머리맡에는 뼈대만 있는 모형 비행기가 놓여 있었다.

선회하던 비행기는 사이판공항을 향해 고도를 낮췄다. 오른쪽 귀가 통증에 가깝게 가려워 오자 자꾸만 손이 귀로 향했다. 아버지가 떠나고 난 후 심한 열병을 앓았다. 그는 방 안을 이리저리 굴러다녔다. 비행기가 급강하하는 것처럼 바닥이 흔들려서 멀미가 났기 때문이다. 할머니에게 어지럽다고 바닥을 꽉 잡아 달라고 부탁했지만 난기류는 폭풍으로 변

해 그를 덮쳤다. 아버지의 웃옷을 안고 며칠을 앓았
다. 할머니의 아가, 아가 하고 부르던 소리가 들리
지 않자 그는 자리를 털고 일어났다. 병을 앓고 난
후 그에게 별명이 생겼다. 왼짝이. 그는 걸음을 걸
을 때도 왼쪽으로 치우쳐서 걸었고, 아이들이 부르
는 소리가 들리면 왼쪽으로만 고개를 돌렸다. 청력
을 잃어버리고 난 뒤 간지럽다거나 아프다거나 하
는 느낌은 없었다. 그는 새끼손가락으로 귀를 팠다.
한 군이 손가락으로 자신의 입을 가리켰다. 한 군이
시키는 대로 입을 벌리자 그의 틀니에서 덜거덕거
리는 소리가 났다. 얼마 지나지 않아 잇몸이 시큰거
렸다. 그 방법도 그에게 도움이 되지 않았다. 귀의
간지러움이 극심한 통증으로 바뀔 때쯤 비행기는
땅으로 내려섰다.

한국의 8월처럼 더운 공기가 호텔 주변에 머물러
있었다. 선글라스가 앞서가며 전화를 하고 있었고
그는 바짝 뒤따라 걸어갔다. 여행 가방을 끌고 다녔
는데도 숨이 차지 않았고 무릎은 부드럽게 움직였
다. 가이드가 방을 같이 쓸 룸메이트를 정해 줬다.

그와 선글라스는 같은 방이었다. 선글라스는 그를 빤히 바라보며 호텔 비용을 더 낼 테니 독방으로 바꿔 달라고 말소리를 높였다. 가이드의 얼굴에 당황한 빛이 떠올랐다. 누구 뒤치다꺼리하러 여행 왔냐고 선글라스가 언짢은 목소리로 궁시렁댔다. 로비로 막 들어온 한 군이 가이드를 불렀다. 할아버지와 같은 방을 써도 상관없다며 선글라스에게 들고 있던 카드키를 넘겼다. 선글라스는 카드키를 받아 들고 사라졌다.

　방에는 일인용 침대 두 개가 놓여 있었다. 그는 짐을 어디에 풀어야 할지 살피다가 한 군을 쳐다봤다. 방으로 들어온 한 군의 손에는 공항에서 보았던 책이 여전히 들려 있었다. 그는 낡은 전투기가 그려진 책을 왜 가지고 다니냐고 물었다. 그는 비행기를 좋아한다고, 표지를 가리키며 태평양전쟁에서 하늘을 누비던 선투기라고 했다. 그는 전투기 사진을 유심히 봤다. 어린 시절 너럭바위에서 봤던 비행기였다. 한 군이 어깨를 으쓱하며 덧붙였다. 태평양전쟁에서 일본의 항복을 끌어낸 비행기가 여기에 있거든요. 한 군은 상기된 얼굴로 잡지를 들어 보였다.

그는 짐을 풀고 비거를 넣은 상자를 머리맡 탁자 위에 놓았다.

그는 로비를 천천히 걸었다. 안내 데스크 맞은편에서 음식 냄새가 풍겼다. 배가 고팠지만 식당으로 바로 가지 않고 전화번호가 적힌 메모지를 펼쳤다. 아홉 개의 숫자를 천천히 읽었다. 전화 부스는 사람이 별로 다니지 않는 구석진 곳에 놓여 있었다. 전화기에서 영어로 된 안내 말이 나왔다. 부스의 격자무늬들이 그의 눈앞에 펼쳐졌다. 한 군이 무늬 사이로 보였다. 그는 다가가 메모지를 내밀고 손을 덥석 잡았다. 한 군의 휴대전화에서 어눌한 한국말이 흘러나왔다. 그는 약속을 잡아 달라고 했다. 통화가 길어졌다. 남자와 다음 날 오후로 약속 시각을 잡았다고 알려 주었다. 선글라스가 로비 끝에서 한 군을 불렀다.

안내 데스크 가판대에는 책자들이 비치되어 있었다. 그는 한국어로 된 것을 집었다. 사이판의 기후, 만세절벽, 자살절벽, 한국인위령탑, 일본군사령부, 마나가나섬 투어에 관해 적혀 있었다. 그는 자신이 찾는 'NIYOUNG'에 대한 자료가 있는지 잡지를 뒤적였다. 하지만 니용을 찾을 수 없었다. 그는 지도를 챙겨 방으로 올라갔다.

침대 위에 지도를 펼쳤다. 사이판은 크다 만 고구마처럼 몽땅했다. 지도 위쪽에는 KOREA와 EAST SEA가 적혀 있었다. 동해는 태평양 일부다. 그는 거리를 가늠하기 위해 일직선으로 동해와 사이판을 연결해 보았다. 하늘길은 끊어지지 않고 이어져 있었다. 섬 안을 훑었다. 'BANZAI'라고 쓰인 지명이 만세절벽 같았다. 해변을 따라 그려져 있던 집에는 건물의 명칭이 쓰여 있었다. 차모르 빌리지, 레더비치, 라오리우 빌리지, 사이판공항…… 그는 건물 이름과 지명을 되뇌며 필리핀해로 넘어갔다. 미군상륙기념관 옆에서 니용을 찾았다.

그가 니용에 대해 알게 된 것은 두 달 전이었다. 집배원이 영어 주소가 쓰인 편지를 내밀었다. 딸에게 보여 주자 사이판에서 왔다고 했다. 그는 아버지와 살던 집을 떠나지 않고 있었다. 사립문은 철문이 되었고, 소를 키우던 흙 마당은 없어졌으며, 초가집은 시멘트 집으로 바뀐 지 오래였다. 딸은 귀가 불편한 그가 혼자서 사는 것은 위험하다며 같이 살자고 달게 굴었다. 그는 괜찮다며 딸의 걱정을 모른 척했다. 딸이 챙겨 준 가족사진과 니용에 대한 정보가 든 지도, 비거가 담긴 상자를 휴대용 가방에 넣었다. 어릴 적에 헤어진 아버지 생각이 간절했다.

사이판의 뜨거운 날씨는 여행 둘째 날에도 계속되었다. 선글라스 없이는 눈을 못 뜰 정도로 빛이 강해 모자를 눌러썼다. 차는 열 명이 타고도 남을 만큼 자리가 넉넉했다. 한 군은 운전석 뒤에, 그는 바다가 잘 보이는 창가 쪽으로 자리를 잡았다. 가이드가 만세절벽에 도착했다고 알렸다. 그는 상자를 들고 느릿느릿 주차장으로 내려섰다.

바다의 색깔은 절벽을 기점으로 짙푸른 파란색과 산홋빛으로 나뉘었다. 자살절벽은 일본군 장병이, 만세절벽은 민간인이 뛰어내렸다고 가이드가 설명했다. 깎아지른 낭떠러지 아래에서 바람이 위로 솟구쳤다. 그는 웃고 있는 선글라스를 모른 척하고 절벽 쪽으로 다가갔다. 거친 파도가 바위를 부술 듯이 때렸다. 코코넛 주스를 파는 노점 앞에 한 군이 서 있었다. 한 군은 그를 뒤따르며 들고 있던 상자에 호기심을 나타냈다.

"그게 뭐예요?"

"날틀. 비행기처럼 날아가는 것이라네. 비거라고 부르지."

"왜 이런 걸 갖고 여행을 오셨어요?"

"자네는 친구하고 왔지 않나. 이게 내 친구지."

공터에는 키 작은 잔디가 깔려 그가 밟을 때마다 바스락 소리를 냈다. 만세절벽에서 사진을 찍는 사람들에 가려 '기림비'가 드문드문 보였다. 그는 상자에서 비거를 꺼내 잔디밭에 놓았다. 그리고 바람의 방향을 가늠하기 위해 국기 게양대에서 펄럭이는 성조기를 바라봤다. 절벽 쪽에서 불어오는 바람에 그는 힘들이지 않고 비거를 날렸다. 비거는 기림비가 있는 방향으로 날아가다 맞바람을 맞고 바닥으로 곤두박질쳤다. 날리는 모습을 옆에서 보고 있던 한 군이 자신도 한 번 해 볼 수 있냐고 물었다. 그는 고래의 몸통처럼 생긴 비거의 몸체를 한 군의 손에 쥐여 줬다. 한 군이 거듭 시도를 했으나 그때마다 비거는 바람을 타지 못하고 바닥으로 떨어졌다. 할아버지, 날리기 어려워요. 힘으로 날리면 안 되네. 바람을 읽어야지. 한 번은 주차장 쪽에 처박혀 차바퀴에 깔릴 뻔도 했다. 그는 손그늘을 한 채 한 군을 바라봤다. 한 군이 잔디밭에 내려앉은 비거를 주웠다. 사이판의 푸른 하늘에 성조기가 나부꼈다. 그 옆으로 일장기가 기둥에 말린 채 떨고 있었다. 그는 눈이 부신 것도 아랑곳하지 않고 두 국기 사이의 허공을 응시했다. 준수. 준수…….

김준수. 만세절벽에 부딪쳐 잘게 부서지는 파도 소리가 자신의 이름처럼 들렸다. 사이판에서 그의 이름을 알고 있는 사람이 있을 리가 없었다. 오른쪽으로 보이는 주차장과 만세절벽에 사람들이 모여 있었다. 선글라스가 주차장 쪽에서 바삐 걸어왔다. 할아버지, 그렇게 불렀는데 못 들으셨어? 선글라스의 시선이 한 군이 들고 있던 비거에 머물렀다. 웬, 장난감이냐. 선글라스가 비거를 낚아챘다. 팔을 뻗지 않은 채 비거를 주차장으로 날렸다. 그의 손이 허공을 움켜쥐다 말았다. 절벽에서 부는 바람을 타지 못한 비거가 시멘트 바닥에 나동그라졌다. 아이고! 그가 소리쳤다. 한 군이 주우러 달려 나갔다. 그는 무릎의 통증을 참으며 뛰었다. 한쪽 날개가 꺾인 비거가 한 군의 손에 들려 있었다. 한지로 감싼 날개는 커다란 구멍이 뚫렸고, 나무로 된 뼈대는 비틀어져 원형을 알아보기 힘들었다. 그는 선뜻 비거를 받아 들 수 없었다. 날지도 못하는 거 내버려라. 선글라스가 말을 툭 던지며 투어 버스로 돌아갔다. 그는 비거를 가슴에 안았다.

그가 비거의 부러진 날개를 선글라스에게 들어 보였다.

"제가 테이프 사다 드려요? 애도 아닌데 장난감을 왜 가지고 왔대."

"비거는 장난감이 아니야!"

버스에 타고 있던 일행들의 시선이 그에게 쏠렸다.

"고치면 되지, 뭐 그만한 일로 화를 내요."

그가 벌떡 일어서자 옆에 앉아 있던 한 군이 그의 팔을 잡았다. 무릎에서 지르르 통증이 왔다. 그는 자리에 주저앉았다. 한쪽 날개가 꺾인 비거는 왼쪽으로 기울어져 있었다. 버스가 덜컹거릴 때마다 임시로 붙여 놓은 날개가 자꾸 떨어졌다. 차창으로 들어오는 햇빛 때문에 눈이 시렸다. 그가 눈물을 훔치는 사이에 투어 버스가 호텔에 도착했다.

비거를 상자에서 꺼냈다. 몸통을 연결해 주는 뼈

대가 망가져 있었다. 그는 부러진 조각을 살폈다. 휴대용 가방에서 얇은 나무를 꺼내어 다듬기 시작했다. 그는 아버지 어깨너머로 보던 방법대로 했다. 칼로 깎고, 사포로 연마를 했다. 목공풀을 뼈마디 부분에 칠하고 완성된 날개를 몸통에 맞췄다. 미세하게 벌어진 틈새가 보였다. 바람을 붙들어서 나는 비거에게 틈은 치명적이다. 그는 뼈대를 다시 깎아 떨어져 나간 부분의 틈을 메꾸었다. 어디가 잘못된 것인지 이음새 부분이 자꾸 벌어졌다. 자세히 들여다봤지만, 문제를 찾을 수 없었다. 상자 안에 있던 딸의 비거가 눈에 들어왔다. 그는 망가진 비거에서 부서지지 않은 날개를 떼었다. 이음새를 사포로 부드럽게 문질렀다. 목공풀을 날개와 몸통 두 곳에 넓게 펴 발랐다. 입김으로 꾸덕꾸덕 말려 양손에 힘을 주어 눌렀다. 접착된 부분이 비틀리면 바람을 제대로 타지 못했다. 그의 손끝에 경련이 일었다. 그는 날 준비를 마친 딸의 비거를 바라봤다. 날개는 틀어진 곳 없이 잘 붙었다. 완성된 비거를 상자에 넣었다.

　한 군이 들어왔다. 비거는 괜찮으냐고 물었다.

"고쳤네."

"볼 수 있어요?"

그는 상자를 열었다. 한 군이 새것이 되었다고 웃었다.

"혹시 니용이라는 데를 아는가?"

한 군이 검색하며 어떤 곳인지 정확하게 나와 있지 않다고 했다.

"택시를 불러 줄 수 있겠나?"

한 군의 안색이 어두워졌다.

"할아버지, 가이드가 알면 어쩌려고요?"

"꼭, 가야 할 곳이 있어."

휴대폰을 만지작거리던 한 군이 택시를 예약했다고 말했다. 그는 한 군에게 고맙다는 인사를 건네고 침대로 돌아갔다. 에어캡에 싸인 사진과 팩 소주, 그리고 북어를 그는 휴대용 비닐 가방에 넣었다.

택시와 한 군이 기다리고 있었다. 한 군이 같이 가자며 택시에 올라탔다. 그는 기사에게 품속에 넣어 둔 종이를 보여 줬다. 그에게 편지를 보낸 남자의 주소였다. 택시는 해변을 벗어나 도심지로 향했다. 그는 도로변의 나이가 들어 보이는 가로수를 지긋이 바라봤다. 넓은 광장 옆에 포신이 부러진, 전쟁의 흔적이 남은 대포들이 해설판과 함께 전시되어 있었다. 관광객들이 웃으며 대포 앞에서 사진을 찍었다.

"원더풀!"

한 군이 소리를 질렀다. 그가 보는 쪽으로 아치형 지붕이 보이고, 그 옆으로 녹슨 비행기의 프로펠러가 박제되어 있었다. 한 군은 2차 세계대전에서 하늘을 누비던 연합군의 프로펠러를 가까이서 보고 싶다고 말했다. 그는 택시에 비치된 디지털 시계의 숫자가 미터기 올라가듯이 바뀌는 것을 봤다. 남자와 한 약속 시각까지는 여유가 있었다.

택시 기사는 아치형 지붕 앞에 차를 세웠다. 한 군이 프로펠러 쪽으로 뛰어갔다. 맹렬한 햇볕이 지붕을 반짝거리게 했다. 눈을 가늘게 뜨고 그는 차에서 내렸다. 프로펠러는 세 개의 날개로 이루어져 있었다. 본래의 색을 알아볼 수 없을 정도로 붉게 녹슬었다. 언젠가 고장이 난 선풍기를 고치기 위해 분해했을 때 본 전동기처럼 생긴 기계가 보였다. 전시

된 프로펠러는 제로센 킬러 F6F헬캣이었다. 한 군이 연합군의 승리를 이끈 비행기라고 했다. 그는 움직이지 않는 날개를 향해 바람개비를 돌리듯이 입김을 불어 보았지만 날개를 감싸고 있던 녹들이 먼지처럼 흩어질 뿐이었다. 한 군이 소매를 걷어붙이고 날개를 힘껏 부여잡고 돌렸다. 끼리릭 끄르륵, 앓는 소리가 났다. 그는 주머니에서 팩 소주를 꺼내 전동기 부분에 부었다. 술이 윤활유 역할을 했으면, 술기운을 빌려 마지막 힘이라도 짜냈으면 했다.

한 군이 얼마간 움직이자 프로펠러가 풍차처럼 돌기 시작했다. 날개에서 이는 바람에 그의 얼마 남지 않은 머리카락이 흩날렸다. 바람은 점점 거세졌다. 옷자락이 날리면서 프로펠러가 둥근 원처럼 보였다. 전동기가 들썩였고, 고정해 놓은 끈들이 뚝뚝 끊어졌다. 전동기 뒤로 어디선가 본 듯한 제비초리 모양의 날개가 보였다. 아버지와 함께 만들던 날틀이었다. 할아버지가 만든 날틀에도 프로펠러를 달았으면 좋겠다고 한 군이 말했다. 그는 고개만 끄덕였다.

택시 기사가 언제 출발할 건지 물었다. 한 군이

사진을 찍고 있었다.

"미안하네. 늙은이 혼자 하려니 엄두가 안 나서. 한 군이 도와주니 반나절 만에 길을 찾게 되는군."

"할아버지 사진으로 보던 전투기를 직접 봤는걸요. 체험할 수 있어서 좋았어요."

그가 먼저 택시에 올라탔다. 나뭇잎들이 뜨거운 햇살을 튕겨 내고 있었다.

잔디가 드문드문 깔린 집에 도착했다. 한국인 유해 발굴단. 목조 명판이 걸려 있었다.

수염이 하얗게 센 남자가 문을 열어 주었다. 남자는 자신을 윌리엄이라고 소개했다. 거실 탁자에는 아버지의 소식을 전해 준 것과 똑같은 편지 봉투가 놓여 있었다. 그는 사무실 벽면에 걸린 여러 장의 흑백 사진을 보았다. 한 군은 사진을 바라보며 낡긴 했지만 얼굴이 선명하다고 했다. 그는 돋보기를 끼고 사진을 자세히 들여다봤다. 한 군 나이 또래의 젊은 남자들이 군복을 입고 있었다. 윌리엄이 그를 불렀다. 그는 사진 하나를 가리키며 그에게 보라고 했다. F6F헬캣이라고 적혀 있는 비행기 앞에 몇

명의 남자들이 서 있었다. 가운데 선 남자만이 머리 모양이 달랐다. 상투를 튼, 키 작은 남자가 무표정하게 있었다. 한 군이 사진을 가리키며 혹시 조선 사람이에요, 라고 물었다. 윌리엄은 그가 김민규라고, 자신과 같은 비행기를 탄 동료라고 했다.

"조선 사람이 사이판까지 오다니 멀리도 왔네요."

"멀어도 한참 멀지."

한 군이 그를 쳐다봤다. 그의 눈이 창을 넘어 먼 하늘을 바라보고 있었다. 윌리엄은 김민규의 추락 사실을 이제야 알려 줘서 미안하다고 했다. 해저 탐사 도중 가라앉은 비행기를 발견했고, 그 안에 김민규의 이름표가 있었다고. 비행기를 찍은 사진을 그에게 보여 주었다.

"아직도 유해가 발견되고 있어요, 전쟁이 끝난 게 언제인데?"

"기다린 게지. 가야 할 곳이 있었으니."

그가 사진을 손으로 쓰다듬었다. 조종석에는 해조류들이 뿌리를 내려 파도에 따라 흔들리고 있었다. 유해는 발견하지 못했지만 이름표라도 찾아서 기쁘고, 가족의 품으로 돌아가서 더 기쁘다고 윌리엄이 그를 꽉 껴안았다.

"이제 집으로 돌아오실 때도 되었는데, 너무 기다리게 하시는군."

사진 속 상투를 틀고 있던 남자가 환하게 웃는 듯했다.

택시 기사가 다음에 가야 할 곳이 어디냐고 물었다. 그는 NIYOUNG의 철자를 보여 줬다. 기사는 손으로 오케이 사인을 하고 차의 시동을 걸었다.

필리핀해는 바닷빛이 짙푸르렀다. 그는 창문을 내려 공기를 마셨다. 날씨가 정말 좋다며 한 군이 콧노래를 흥얼거렸다. 택시는 한적한 도로를 달렸다. 40분 남짓 달렸을까, 좁은 모래밭이 바다에서 밀려온 나무와 잎사귀, 해조류, 녹슨 철골들로 덮여 있었다. 기사가 그곳을 가리키며 니용이라고 했다. 휴대용 가방으로 충분히 가려질 수 있는 작은 표지판에 NIYOUNG이라고 적혀 있었다. 버려진 해변 같아 유령이 나올지도 모른다며 한 군이 농담을 했다. 차를 세울 주차장도, 해변으로 내려가는 길 안내 표지판도 없었다. 그는 기사에게 해변 가까이 차를 대어 달라고 몸짓을 했다. 차 문을 열자 해조류 썩는 냄새가 진하게 났다. 한 군이 코를 막고 택시에서 내렸다.

그는 금성관광이라는 로고가 박힌 비닐 가방을 들고 해변으로 내려갔다. 그리고 해변에 깔린 쓰레기들을 한쪽으로 치웠다. 그는 호텔에서 가져온 사이판 지도를 넓게 펼쳐 바닥에 깔았다. 북어포를 앞에 놓고 팩 소주를 컵에 따랐다.

"할아버지, 뭐 하세요?"

"아버지를 만날 준비를 하네."

"어디 계시는데요?"

"징용으로 끌려가 이곳에서 잠드셨어."

술잔 옆에다 비거를 놓았다. 비거의 날개는 학의 날개처럼 우아했다. 에어캡으로 감쌌던 사진 두 장을 꺼냈다. 하나는 누렇게 변색하였고 다른 하나는 최근에 찍은 가족사진이었다. 누런 사진 속의 남자는 상투를 틀고 앉아 있었다. 사진 하단에는 5월 17일이라는 날짜가 보였다. 한 군보다 앳된 얼굴은 긴장한 모습이 역력했다. 학교 입학을 기념하기 위해서 찍은 사진이었다. 아버지가 살아 계셨다면 백수

잔치를 하고도 남았다. 집을 나간 이래로 그의 아버지는 실종 상태였다. 할머니는 사진에 적혀 있던 날짜에 미역국을 끓이고 찰밥을 지어 먹었다. 아버지가 어디 계시든 배가 고프면 안 된다고 돌아가실 때까지 손수 했다. 아버지의 사망 소식을 두 달 전에야 알게 되었다.

'김민규 사이판에 있는 니용 앞바다에서 전투 중 사망.' 집배원이 준 등기에 적혀 있는 김민규라는 이름이 낯설었다.

그는 영정을 받치기 위해 모래를 쌓아 올렸다. 한 군이 거들었다. 사진을 기대어 세우고 옆에 그의 가족사진을 놓았다. 한 군이 사진 속의 남자가 자신과 비슷한 나이로 보인다고 말했다. 컵에 든 소주를 사진 앞에 부었다. 한 군이 빈 술잔을 들어 그의 앞에 내밀었다. 그리고 아버지 사진 앞에서 넙죽 절을 했다. 그는 팩에 남아 있던 소주를 들이켰다. 친구들이 아버지에게 술을 배웠다고 말할 때마다 그는 묵묵히 술잔을 기울였다. 한 군에게 술잔을 내밀었다. 두 사람은 시원스럽게 잔을 비웠다. 아버지와 처음 하는 술자리는 눈 앞에 펼쳐진 바다처럼 따뜻했다.

그는 바람을 타고 일렁이는 물결을 바라봤다. 상자에서 딸이 만든 비거를 꺼내 높이 들었다. 호텔에서 시간이 날 때마다 매만졌다. 생선 뼈처럼 생긴 뼈대를 보강하고, 바람을 잘 탈 수 있도록 엷은 천을 덧씌웠다. 그는 도움닫기를 하기 위해 달려갔으나 모래에 발이 빠져 움직이기 힘들었다. 최대한 보폭을 넓히며 뛰려고 했지만 무릎의 통증이 심해졌다. 도움닫기를 받지 못한 비거는 얼마 날지 못하고 모래사장에 내려앉았다. 웅크리며 엉거주춤하자 한 군이 다가왔다. 그는 비거를 한 군에게 건넸다.

"힘껏 날려 주게. 저 너머로."

"제가요?"

"늙은이의 힘만으로는 날지가 않네. 자네 힘을 보태면 잘 날 거야."

바다를 향해 한 군은 안간힘을 다해 달려갔다. 한 군의 손에서 미끄러지듯 떠오른 비거가 날갯짓을 시작했다.

"잘 날아요!"

한 군의 목소리가 바닷바람을 가르며 들려왔다. 날개를 펼친 비거가 바람을 타고 필리핀해로 들어

섰다. 프로펠러를 비거에 단다면 태평양을 횡단할
수도 있을 텐데.

그는 윌리엄이 보여 줬던 비행기 사진을 떠올렸
다. 해조류 사이로 뭔가 하얀 것이 보였다. 그것이
마치 아버지의 유골 같았다. 그가 손을 내밀자 뼈만
남은 손이 맞잡았다. 뒤에서 웃음소리가 났다. 아버
지가 그를 따르고 있었다. 너럭바위를 달음질할 때
처럼 뛰어다녔다. 그는 아버지의 손을 놓치지 않기
위해서 힘을 줬다. 비거는 사람이 탈 수 있을 정도
로 커져 있었다. 비거에 올라타자 바람이 한차례 불
었다. 날개 밑으로 시퍼런 바다가 보이고 멀리 운평
선이 나타났다. 비거는 구름을 통과하면서 난기류
를 만나 몇 번을 기우뚱거렸다. 그는 비거를 꽉 껴
안았다. 멀리 싸릿대로 만든 고향집의 담장이 보였
다. 그는 아버지와 함께 대문 안으로 들어섰다. 마
당에 묶여 있던 소가 길게 울었다. 여물을 맛있게
먹고 있던 소의 코에서 뜨거운 김이 솟아올랐다. 그
는 마당을 가로질러 방문을 열었다. 아버지가 뒤에
서 그를 보고 있었다. 아부지, 얼른 와. 성큼 방으로
들어오는 아버지에게 그가 배시시 웃었다.

딸의 비거가 날아오르고 있었다.

"비거가 상승 기류를 탔나 봐요, 프로펠러를 단 것처럼 잘 날아요."

한 군이 어느새 그의 옆에 다가와 앉았다. 바지가 축축했다. 바다 가까이 쫓아갔지만, 발을 적시는 파도가 그를 막아섰다. 멀리 날고 있는 비거가 보였다. 그는 보청기의 음량을 최대한 높였다. 바람을 가르는 소리가 들리는 듯했다. 비거는 구름 한 점 없는 하늘을 가로지르고 있었다. 그의 머리 위를 두어 번 선회하고 북북서로 기수를 돌린 비거는 빠른 속도로 그의 시야에서 사라졌다. 그는 눈을 비비며 비거가 날아간 쪽빛 하늘을 뚫어지게 바라보았다.

집에서 걱정하며 기다리고 있는 딸이 떠올랐다. 그는 여행이 무사히 끝나서 다행이라고 생각했다. 딸에게 공항까지 마중을 나와 달라고 전화를 걸고 싶었다. 아버지라고 부르는 목소리를 듣고 싶었는지도 모른다. 적도의 햇빛이 그의 얼굴에 환하게 비쳐 들었다.

새장을
열다

꾀꼬리가 운다. 학교 갈 시간이 되어 나는 강숙 씨를 깨웠다. 아무리 흔들어도 강숙 씨는 깨어나지 않는다. 꾀꼬리가 노란 꽁지깃을 심하게 떨었다. 밤마다 뒤척이며 깊이 잠들지 못하는 강숙 씨가 참 오랜만에 늦잠을 잔다고 생각했다. 나는 다녀오겠다는 말도 하지 않고 집을 나섰다.

목요일은 방과 후 수업이 있는 날이다. 산수를 못하는 아이들이 모여 보충수업을 받았다. 나는 5학년이 되도록 도형 원리를 알지 못했다. 초록색 칠판을 보고 있으면 아버지가 치던 고스톱 게임이 생각났다. 선생님이 쓰던 숫자들이 한 덩이로 뭉쳐 섞였다. 나는 고, 고를 외쳐야 할 것 같았다. 선생님이 칠판을 두드리며 잠시 쉬자고 했다.

나는 강숙 씨가 궁금했다. 아직도 자고 있을까, 아님 일어났을까. 가방을 안고 신발을 들고 살금살금 운동장으로 나갔다. 2층에 있는 교무실에서 계단을 내려오는 선생님의 발소리가 들렸다. 강숙 씨가 사준 분홍 구두를 양쪽 바지 주머니에 한 짝씩 넣었다. 우레탄이 깔린 운동장 바닥은 밟아도 소리가 나지 않았다. 강숙 씨가 자고 있다면 깨워서라도 밥을 먹자고 해야겠다. 강숙 씨의 입버릇처럼 밥은 힘이니까. 나는 교문을 나와 신발을 신었다. 내가 좋아하는 소풍도, 가을 운동회도 끝이 났지만 오후의 햇볕은 따뜻했다.

나는 바람신 영등할매가 지나던 골목을 길고양이처럼 헤매고 다녔다. 강숙 씨는 나를 넙죽 안고 집으로 가서 아랫목에 묻어 두었다. 내가 아지랑이처럼 스멀스멀 살아나자 뉘 집 아이냐고 물었다.

"우리 아빠 앤데요."

"그럼 이 할매 집 애 돼 보련?"

나는 남의 집 애가 되는 것도 괜찮을 것 같았다. 게임을 한다고 생각하면 되니까. 강숙 씨와 지내고 부터 다섯 번째 겨울이 왔다. 나는 친할머니가 아닌 그녀를 강숙 씨라고 불렀다.

　강숙 씨는 겨울이 오면 난방비가 많이 들어 살기가 팍팍해진다고 했다. 기초 생활 수급자로 달마다 삼십만 원 남짓한 돈을 받았다. 굽은 허리가 아파 매달 병원비로 십만 원을 지출해야 했다. 쌀은 동사무소에서, 반찬은 어깨에 띠를 두른 아줌마들이 매주 세 번씩 가져다주었다. 쌀이 좋지 않아 밥에서 구신내가 안 난다고 강숙 씨는 투덜거렸다. 나는 김이 모락모락 나는 밥을 한가득 입안에 퍼 넣었다. 뜨거운 밥이 입천장에 화상을 입히곤 했다. 강숙 씨는 안 뺏어 먹는다, 천천히 먹으라며 상을 나한테 밀어 주었다. 나는 입맛을 다시곤 걸음을 빨리했다. 멀리 집으로 가는 골목 어귀가 보였다.

　집 앞에 강숙 씨의 아들—우리 아버지는 아니다—이 서 있었다. 손에는 양말, 셔츠, 바지, 신발이 뒤섞인 종이 가방이 들려 있었다. 아들의 몸은 삐쩍 말랐고 머리카락은 짧아 추워 보였다. 그는 아나운서가 발음하는 것처럼 정확하게 욕을 했다.

　"뭐 주워 올 게 없어서 이런 걸 가지고 왔냐. 잡년

이 별걸 다 하려고 드네."

경로당 무료 급식 때 나는 강숙 씨에게 아들이 있다는 것을 알았다. 강숙 씨가 친구들에게 나를 손녀라고 소개했다. 목이 쪼글쪼글한 할머니가 아들이 돌아왔냐고 밥숟가락을 떨어뜨린 채 물었다. 고개를 끄덕이며 강숙 씨가 내 머리를 쓰다듬었다. 경로당에 다녀온 지 며칠이 지나지 않아 나는 그를 봤다. 그는 반찬을 가져다주는 아줌마처럼 자주 강숙 씨의 집에 드나들었다. 한번은 서랍이 열렸고, 한번은 전기장판이 뒤집혔다. 서랍이 열렸을 때는 강숙 씨의 통장이 사라졌고, 장판이 뒤집혔을 때는 꼬깃꼬깃 숨겨 둔 만 원짜리 몇 장이 없어졌다. 반지도, 목걸이도 그의 눈을 피할 순 없었다. 대문 닫히는 소리와 함께 아들이 가고 나면 강숙 씨는 바지춤에서 복대를 꺼냈다. 구청에서 주는 생활비는 안 뺏겼다고 웃었다. 나는 아들이 다녀갈 때마다 아버지가 떠올랐다.

우편배달부가 영장이라고 쓰여 있는 편지를 주고 갔다. 아버지는 편지를 읽더니 사흘 동안 피시방에서 게임을 하며 지냈다. 난 엄마가 없다. 아버지는 내가 피시방에서 하던 게임 때문에 생겼다고 했다. 그날은 바이러스에 걸려 그의 몸이 제대로 작동하지 않았고, 난 그 버그들의 산물이었다. 버그를 바로잡기 위해 수없이 프로그램을 리셋했지만, 망가진 것은 고쳐지지 않았다고 아버지는 푸념처럼 늘어놓았다.

아버지는 피시방에 갈 때 현관문을 잠갔다. 나는 열쇠가 없었다. 온종일 문밖에서 돌아오지 않는 그를 기다리거나 피시방으로 찾아가야 했다. 회색과 검은색 의자가 줄지어 있는 방은 색색의 깃털이 모두 뽑힌 새 같았다. 의자에 앉아 있는 아버지도 그렇게 보였다. 갖가지 색깔이 섞여 있는 모니터 속 세상만이 살아 움직였다. 나는 아버지가 사 주는 핫바나 라면을 먹으면서 모니터를 봤다. 숫자를 좋아하는 아버지는 계속 베팅을 했다. 콜, 콜, 콜. 돈은 계속 불어났다. 지루해지면서 하품이 나왔지만 집으로 가자고 보채지 않았다. 아버지가 이기길 바라며 의자에서 잠이 들었다. 내가 눈을 떴을 때 피시방 어디에도 아버지는 없었다. 분명히 게임에서 이기고 있었는데. 모니터는 꺼져 있었다. 나는 서둘러 집으로 갔다. 현관문이 너무 쉽게 열렸다.

"옆에서 처자고 있는데, 재수가 있을라고?"

아버지는 플라스틱 자로 내 종아리를 때렸다. 나는 맞을 때마다 개수를 세야 했다. 아픔이 머리를 마비시켰고 되돌이표처럼 숫자는 처음으로 돌아갔다. 아버지는 내 머릿속에서 버그가 늘어난다고 더 때렸다. 나는 머리카락을 뒤집어 버그라는 걸 찾아봤다. 허연 비듬과 기름기가 손에 묻어났다. 비듬이 버그가 눈 똥이라고 생각했다. 머리를 아무리 감아도 없어지지 않았다.

강숙 씨의 아들은 집을 비우라며 종이 가방을 내 앞으로 던졌다. 날개가 그려진 신발 한 짝이 또르르 굴러 나왔다. 시장 안에 있는 보세 신발 가게는 흠이 있는 신발을 떨이로 팔았다. 나는 매대에 서서 날개가 그려진 운동화를 한참 들여다봤다. 강숙 씨는 바지 안에 넣어 둔 쌈지에서 구겨진 만 원짜리를 꺼내 주인에게 줬다. 강숙 씨가 선물해 준 신발을 품에 안고 잤다. 나는 날개에 묻어 있던 흙을 떨어내고 종이 가방에 다시 신발을 담았다.

아들의 손에 집 열쇠가 들려 있었다. 주인집 아주

머니는 계약 기간이 많이 남아서 보증금을 줄 수 없다고 했다.

"집주인도 없는데 뭔 계약 기간. 이 아줌마가 어디서 돈 떼먹으려고 설레발을 쳐."

아들이 대문을 발로 찼다. 쾅 하는 소리와 함께 강숙 씨가 대문 한편에 가지런히 모아 놓은 각종 폐지와 병들이 들썩였다.

"지 엄마 장례식도 안 치렀는데, 방부터 빼려고 하냐."

강숙 씨는 분명히 자고 있었다. 너무 곤하게 자서 사람들이 착각하는 것이다. 내가 부르면 깊은 잠에서 깨어날 게 분명했다.

"강숙 씨, 나 왔어. 얼른 나와."

"시끄러, 누가 죽으래."

"연락할 가족이 저런 거 하나라니. 자식이 아니라니까."

집주인 아주머니는 보증금 오백이면 거저라고, 그런 전세가 어디 있냐고, 강숙 씨가 안돼서 줬다고 했다. 검은 머리 짐승은 거두는 게 아니라며 혀를 찼다. 아들의 머리카락은 노란색이다. 내가 대문 안으로 들어서려 하자 아들이 나가라고 손짓을 했다.

"여기가 우리 집인데요."

"어디서 이런 질긴 걸 주워서, 재활용도 안 되잖아. 보증금 내일까지 해 놓으셔."

주인집 아주머니가 며칠만 기다려 달라고 했다. 아들은 쌓아 놓은 폐지 박스 더미를 무너뜨리고 가 버렸다. 나는 넘어진 폐지 박스를 다시 쌓았다.

묶어 놓은 폐지와 알루미늄 캔을 고물상으로 옮기려면 작은 장바구니에 넣어야 했다. 강숙 씨는 초라할 만큼 키가 작아서 한 묶음을 겨우 들었다. 나는 두세 묶음씩 옮기며 달걀 크기의 팔뚝 근육을 뽐냈다. 장바구니가 가득 차면 내가 끌었다. 강숙 씨는 자주 허리가 아파 밤잠을 설쳤다. 고물을 팔면 많게는 몇천 원, 적게는 몇백 원을 받았다. 지폐를 받는 날이면 강숙 씨는 나를 슈퍼마켓에 데리고 갔다. 나는 새우깡이나 감자깡, 양파링 중 하나를 골랐다. 한 번에 다 먹지 않고 하루에 열 개 남짓 먹었다. 학교에서 애들이 과자를 먹으면 집에 두고 온 새우깡이 생각나서 방과 후 걸음이 빨라졌다.

나는 강숙 씨의 장바구니에 아들이 준 종이 가방

을 실었다. 주인집 아주머니가 빨리 가라며 내 등을 떠밀었다. 연두색 나무문에는 아들의 발자국이 커다랗게 나 있었다.

영등할매가 떠난 골목에는 떨어진 낙엽들이 바람에 실려 다녔다. 대로변과 접해 있는 들머리에는 늘 지린내가 났다. 가끔은 술 취한 사람이 뱉어 놓은 음식물을 보기도 했다. 낮에는 사람이 살지 않는 재개발 지역처럼 조용했다. 밤이 되면 인근의 유흥가에서 들려오는 노랫소리에 골목은 잠들지 못했다. 두 집이 지쳐서 이사를 가고 빈집에는 외국인 노동자들이 세를 들어왔다. 아버지의 집은 골목 끝자락에 있었다. 비치지 않는 유리가 덧대어진 알루미늄 문이 대문이자 현관문이었다. 여전히 문밖에 자물쇠가 채워져 있었다. 나는 자물쇠를 당겨 보았다. 열릴 리가 없었다. 아버지는 어딘가에서 피시방을 전전하고 있을 것이다. 나는 운동화 끈을 풀어서 자물쇠에 강숙 씨의 장바구니를 묶었다. 매듭이 잘 묶어지지 않았다. 한 번, 두 번…… 나비 날개 모양으로 겨우 완성했다. 자물쇠에 날개가 생겼다. 날개가 파닥이며 날아올랐으면 좋겠다. 그럼 문이 열릴 텐데.

위너 피시방에 갔다. 아버지는 게임을 할 때 흡연 석에 앉았다. 미성년자를 데리고 오면 안 된다고 주 인이 말했다. 담배 연기 몇 모금으로 인간은 죽지 않는다고, 빨리 죽이려면 칼이나 총이 필요하다고 웃었다. 나는 게임이 끝날 때까지 옆자리에서 졸았 다. 담배 연기로 숨이 막히는 일은 없었기에 아버지 의 말이 맞는다고 생각했다. 아버지는 게임에서 이 기면 도시락을 사 주었다. 도시락을 팔던 편의점도 이전했다는 안내문만 남겨 놓고 비어 있었다. 청소 차가 낙엽을 쓸고 지나갔다. 말끔해진 길처럼 아버 지의 모습은 보이지 않았다.

책가방에서 연필을 꺼냈다. 이전 안내문 밑에 '아 버지 찾음'이라고 썼다가 '아버지'라는 낱말을 급하 게 지웠다. 사람들이 있는 곳에서는 아버지라고 부 르지 못하게 했다. 편의점 아르바이트는 나와 아버 지를 오누이로 오해했다. 나는 삼촌이라고 불렀다. 젊은 남자가 여자아이를 데리고 산다고 식당 아줌 마가 수군거렸다. 아버지는 삼촌 대신 큰오빠라고 부르게 했다. 나는 '큰' 자에 힘을 주어 불렀다. 안 내문에 '큰' 자를 굵게 적고 '오빠'는 삐쩍 말라 볼

품없게 적었다.

유흥가 간판에 불이 들어왔다. 아버지의 방에는 불이 꺼져 있다. 내가 자물쇠에 묶어 놓은 날개 모양 매듭도 그대로였다. 어둑해질수록 차가운 기운이 몸에 서렸다. 손도 차고 볼도 시렸다. 점퍼를 추슬러 보았다. 강숙 씨가 켜 놓은 전기장판이 생각났다. 그녀는 나를 아구 우리 강아지, 하고 불렀다. 나는 강숙 씨가 부르는 소리가 좋았다. 강아지처럼 낑낑거리며 그녀의 품을 파고들었고, 쓰다듬는 손길에 몸이 나른해졌다. 나는 매듭을 천천히 풀었다.

강숙 씨는 보일러를 돌리면 가스비가 많이 나온다고 온종일 전기장판에 불을 켜 놓았다. 하얀 입김이 방 안에서도 나왔다. 아들은 그녀의 약값도 내급식비도 가져갔다. 학교에서 배운 신호등 색깔이 생각났다. 노란색은 조심하라는 신호였다. 강숙 씨에게 노랑머리의 아들을 피하라고 말하지 않은 것이 후회되었다. 나도 꾀꼬리도 종일 굶고 있다. 장바구니를 끌고 강숙 씨의 집으로 갔다.

대문은 굳게 닫혀 있었다. 강숙 씨는 폐지를 정리하기 위해 문을 열어 놓곤 했다. 주인집 아주머니

는 도둑이 든다고 닫으라며 잔소릴 늘어놓았다. 새
벽잠이 없는 강숙 씨는 해가 떠오르기 전에 일어났
다. 부스럭거리는 소리에 나도 잠에서 깼다. 그녀가
밖에 나갈 채비를 하면 나는 두꺼운 양말을 건넸다.
강숙 씨의 발바닥은 굳은살이 두텁게 앉아 있었다.

"나도 같이 갈까?"

"애는 많이 자야 키가 큰다."

강숙 씨는 이불을 고쳐 덮어 주었다. 나는 이마까
지 이불을 뒤집어쓰고 돈이 되는 빈 병을 많이 주워
오길 바랐다. 해거름이 되면 강숙 씨를 데리러 고물
상으로 갔다. 사장님이 나에게 요구르트를 줬다. 돌
아오는 길에 그녀에게 요구르트를 건넸다. 손사래
를 치는 그녀의 입에 빨대를 물리고 나는 빠는 시늉
을 했다. 한 모금을 넘기고 그녀가 내게 돌려줬다.
한꺼번에 마시지 않고 조금씩 나누어 마셨다. 달콤
함이 입에 남아 기분이 좋았다. 폐지를 정리하고 달
콤함을 나누던 강숙 씨는 이제 없다.

문 앞에 놓인 재활용 그물에는 빈 병과 캔이 들어
있었다. 나는 장바구니에 그것들을 넣었다. 강숙 씨
가 살았던 셋방의 불은 꺼져 있다. 나는 대문을 두

드렸다. 주인집 아주머니가 2층에서 얼굴만 빠끔히 내밀고 내려다봤다.

"너거 강숙 씨 없다. 그만 가라."

"교과서를 두고 왔어요. 학교에 안 가져가면 선생님한테 혼나요."

"할매 아들이 물건들을 다 들어내던데. 네 게 남았나, 모르겠다."

"옷은 줬는데 책을 주지 않았어요. 문 열어주세요."

주인집 아주머니가 슬리퍼를 끌고 2층에서 내려왔다. 계단 밑에 있던 방문이 열렸다. 낡은 옷장이 있는 단칸방은 어두웠다. 불을 켜자 서랍은 열려 있었고, 전기장판은 반이 접힌 채로, 강숙 씨가 준 앉은뱅이 상은 뒤집혀 있었다. 새장도 구석에 문이 열린 채 놓여 있고, 꾀꼬리는 보이지 않았다. 학교에 가려고 책가방을 챙길 때 꾀꼬리는 횃대에 앉아 꽁지깃을 다듬고 있었다.

"뭐야, 완전히 쓰레기장이잖아."

주인집 아주머니가 화를 냈다. 나는 꾀꼬리를 찾아 전기장판과 바닥에 떨어져 있던 옷가지들을 뒤적였다. 회색 옷걸이로 만든 새장 걸이를 방구석에서 찾았다. 새장을 벽에 걸었다.

"이런 난장판에서 네 책을 찾을 수 있겠니. 도대체 방을 정리하고 보증금을 달라고 해야 할 거 아냐. 노인네는 깔끔해서 마당 청소도 곧잘 했는데, 아들은 달라도 너무 달라."

"내가 청소하면 돼요."

"니가?"

"꼭 찾아야 해요."

"그래. 버릴 건 버리고, 청소비는 보증금에서 제해야겠어."

주인집 아주머니가 슬리퍼를 끌고 이 층으로 올라갔다.

방바닥이 차가워서 몸이 으슬으슬했다. 전기장판을 펴고 온도를 높였다. 강숙 씨와 있을 때처럼 따뜻해지지 않았다. 벽에는 강숙 씨가 입던 외투가 걸려 있었다. 나는 외투를 덧입었다. 깃에는 동백기름 냄새가 났다. 더 좋은 화장품이 있는데 왜 이걸 쓰냐고 물은 적이 있었다. 강숙 씨는 그냥 웃었다. 나는 아버지가 바르던 젤을 집에서 가져왔다. 머리카락에 젤을 바르며 쓰는 방법을 그녀에게 보여 주었다. 조금 지나자 머리카락이 고슴도치 털처럼 빳빳해졌다. 강숙 씨가 만져 보더니 손이 따갑다고 했다. 송곳같이 날카로워서 다른 사람을 상처 입힐 수도 있겠다며 바르지 않았다. 강숙 씨의 화장품 상자에 젤은 덩그러니 놓여 있었다. 나는 아버지에게 돌려주지 않았다.

새장 안에 물과 모이를 넣었다. 나는 배가 고파서 부엌 찬장을 뒤졌다. 강숙 씨와 먹던 쌀이 남았고 냉장고에는 어깨끈을 두른 아주머니가 주고 간 김치가 쉬어 있었다. 나는 생쌀을 입안에 넣고 씹었다. 요구르트처럼 달짝지근한 맛이 났다. 쌀만 씹으니까 목이 메었다. 신김치를 찢어 우걱우걱 먹었다. 앞니에 김치가 걸려 빼려고 했지만 빠지지 않았다. 꾀꼬리는 아직 집으로 돌아오지 않고 있다.

왜 새를 키우느냐고 강숙 씨에게 물은 적이 있었다. 지난해 여름 더위가 기승을 부릴 때 집주인 아주머니가 옆 동네에 이사를 간 집이 있다고 했다. 책 무더기와 알루미늄 행거, 철제 서랍을 장바구니에 넣었다. 매미가 맹렬히 울어 댔다. 버려진 이불

더미 사이를 헤집자 새장이 나타났고, 속에는 노란 꾀꼬리 한 마리가 들어 있었다. 움직이지 않는 새의 입에 몇 방울의 물을 흘려 넣었더니 감고 있던 눈을 떴고 새는 강숙 씨의 식구가 되었다.

종일 울어 대는 꾀꼬리가 시끄러워 천으로 새장을 덮어 놓은 일이 있었다. 강숙 씨는 말 못 하는 짐승을 괴롭히면 안 된다고 나무라며 깃털에 동백기름을 발라 줬다. 꾀꼬리는 꽁지깃을 흔들며 지저귀었다. 방 안에 개나리꽃이 핀 것 같았다. 나도 꾀꼬리를 쓰다듬어 주었다.

나는 방 안을 샅샅이 뒤지기 시작했다. 바닥에 구겨져 있는 강숙 씨의 옷을 정리해도, 한쪽 구석에 떨어져 있는 젤과 화장품 상자를 정리해도, 학교에 가져갈 책을 책가방에 넣어도 꾀꼬리는 돌아오지 않았다. 꾀꼬리도 강숙 씨처럼 가 버렸으면 어쩌나 싶어 불안했다. 강숙 씨에게 온 뒤로 한 번도 방을 나간 적 없는 새가 없어졌다. 두 사람이 발을 뻗고 누우면 꽉 차는 방 안을 아무리 뒤져도 찾을 수 없다. 낮에 다녀간 아들이 꾀꼬리를 손에 쥐고 흔드는 모습이 그려졌다. 두 발을 버둥대다가 힘이 빠져 늘어진 꾀꼬리, 개나리를 닮은 깃털이 뽑혀 맨살이 드러난 몸, 바닥에 내동댕이쳐져 힘없이 늘어진 모습. 아들, 아들, 틀림없이 아들이 한 짓이다. 꾀꼬리를 구해야 한다.

아들은 연락하고 집으로 온 적이 없었다. 불쑥 찾아와 손을 내밀고 만 원짜리 몇 장을 쥐면 자리를 박차고 나갔다. 살집이 없어 바지가 헐렁했고, 수염을 깎지 않아 지저분해 보였다. 밥을 먹고 다니느냐는 강숙 씨의 말에 욕지거리를 뱉었다. 아들이 다녀가면 강숙 씨는 배가 부르다며 저녁을 걸렀다.

나는 이층집 현관문을 두드렸다. 머리에 커다란 헤어롤을 감은 주인집 아주머니가 문을 열어 주었다. 아주머니가 움직일 때마다 헤어롤이 덜렁거렸다. 새초롬히 열린 현관문 사이로 말이 오갔다.

"다 했지? 열쇠는 어디 있니?"

"노랑머리 아저씨 전화번호 알아요?"

아주머니는 고개를 꺄우뚱거렸다. 아들의 노랑머리는 차도에 그려진 중앙선과 같은 색이었고, 사리 빗자루같이 빳빳했다.

"그런 사람 모르는데, 누굴 찾니?"

"아까 낮에 대문에 서 있던 아저씨요."

"아! 강숙 씨의 망나니 아들."

나는 망나니란 뜻이 사람을 욕하는 데 쓰이는 말이라는 걸 강숙 씨의 아들을 통해 알았다.

"지 어미가 저 하나 보고 살았는데, 어디서 아비 모르는 애를 배 와서 그것도 생명이라고 낳았다고 하더니만, 그것 키우느라 손가락질 많이 받았건마는, 어째 지 어미의 정성은 모르고 원망만 하니. 진작 남 주고 결혼하라는 말을 듣지. 참 안됐어."

나는 아버지가 피시방에서 만들었다. 아들은 어떻게 만들어졌을까. 강숙 씨에게 물어볼걸. 나는 골목에서 주웠고, 꾀꼬리는 쓰레기 더미에서 주웠다. 누군가에게 선택받는 것은 감사할 일이다. 길거리에 떠다니는 비닐 같은 취급을 받지 않아도 된다.

"연락처는 없고, 내일 보증금 받으러 온다고 했으니까 그때 다시 와 보든지."

"강숙 씨 집에서 아저씨 기다리면 안 돼요? 제가 청소 깨끗하게 해 놓을게요."

아주머니의 헤어롤이 좌우로 흔들렸다. 강숙 씨의 말투가 떠올랐다. 나는 허리를 구부리고 손을 뒤로 깍지를 꼈다.

"예끼! 사람이 손안에 인정이 있어야 복이 굴러 들어오지. 그렇게 야박하면 못써."

아주머니의 헤어롤이 크게 출렁였다. 그녀는 문을 닫고 안으로 들어가 버렸다. 강숙 씨가 아직도 내 곁에 있는 것 같아 웃음이 났다. 가볍게 걸음을 내디디며 계단을 내려왔다.

강숙 씨가 즐겨 보던 드라마 할 시각이다. 형사가 나오는 이야기도, 검사나 변호사가 나오는 이야기도, 의사가 나오는 이야기도, 가족들이 나오는 이야기도 좋아하지 않았다. 강숙 씨는 젊은 남녀가 풋풋한 사랑을 이어 가는 이야기를 웃음을 머금고 보았다. 나는 형사가 나와 악당을 혼내 주는 드라마가 좋았다. 이가 몇 개 남지 않은 강숙 씨는 입을 앙다물고 웃었다. 나는 그 모습이 좋아서 채널을 양보했다. 로맨스 드라마는 처음 만나 사귀고, 뽀뽀를 하고, 결혼을 하는 것으로 끝이 났다. 이야기가 이어져 아이를 낳는 장면이 나오면 강숙 씨는 채널을 돌렸다. 왜 사랑 이야기만 보냐고 물었다. 둘이 함께 있는 게 예뻐서라고 했다. 나도 같이 있으니까 예쁘겠네, 하며 끌어안았다. 꾀꼬리가 날개를 푸드덕거리며 울었다. 강숙 씨의 앞니가 보였다. 드라마는 마지막 회였다. 남녀 주인공이 뽀뽀하며 끝이 났다. 강숙 씨가 좋아하던 결혼식 장면이 없어서 아쉬웠다.

밤 열두 시가 다 되었다. 아들을 만나려면 더 기다려야 한다. 나는 이불을 머리끝까지 덮었다. 전기장판이 켜져 있었지만 강숙 씨와 꾀꼬리가 있을 때처럼 따뜻하지 않았다.

잠결에 문을 두드리는 소리가 들렸다. 강숙 씨가 새벽일을 갔다가 돌아온 모양이었다. 나는 얼른 문을 열었다.

"강숙 씨, 오늘은 많이 주웠나?"

검은 바지를 입은 남자가 서 있었다. 남자의 다리는 강숙 씨 키보다 길었다. 나는 얼굴을 확인했다. 노랑머리, 아들이었다.

"왜 기어들어 왔어."

나는 문손잡이를 움켜쥐었다. 반쯤 보이던 아들의 얼굴이 전부 보였다. 문틀을 지지대 삼아 두 손으로 손잡이를 당겼다. 아들 얼굴의 반이 사라졌다.

"뭐 이런 게 다 있어. 주인 없는 집에 왜 들어와?"

"강숙 씨가 주인인데요."

"끝까지 도움이 안 되지. 애새끼 낳아만 놓으면 단가? 뒤처리도 못 할 거면서 와 세상에 싸지르는데."

비쩍 마른 체구와 달리 아들의 힘은 셌다. 나는 문과 함께 밖으로 내동댕이쳐졌다. 아들은 신발을 신은 채로 방 안으로 들어왔다. 강숙 씨와 함께 누웠던 전기장판과 내 베개를 밟으며 돌아다녔다.

"너, 뭐 훔치려고 돌아왔어. 빨리 안 내놔?"

"꾀꼬리 돌려주세요."

아들이 강숙 씨의 베개를 밟고 섰다. 나는 머리로 그의 다리를 들이받았다. 비쩍 마른 몸이 출렁다리처럼 철렁거렸다. 나는 서랍장 쪽으로 나가떨어졌다. 부딪친 충격에 서랍장 두 번째 칸이 열렸다. 강숙 씨의 꽃무늬 통바지가 보였다. 고무줄이 늘어나 아픈 허리를 죄지 않아서 좋다며 즐겨 입던 바지였다.

"잡년, 내가 달라고 할 때는 푼돈만 쥐여 주더니. 야! 감춘 거 다 토해내."

"꾀꼬리 어딨어요? 강숙 씨가 얼마나 좋아했는데."

"이게, 똑바로 말 안 해?"

아들이 내 머리채를 쥐고 흔들었다, 아빠가 흔들듯이.

"죽였구나! 왜 죽였어? 살려 내, 이 살인자야."

"내가 죽였냐, 지가 죽였지. 잡년! 죽으려고 하면 좀 남겨 놓고 가던가, 아무리 빈손으로 왔다지만."

"왜 강숙 씨가 빈손이에요? 나도, 꾀꼬리도, 아저씨도 있잖아."

아들의 손이 멈칫했다. 나는 서랍장 쪽으로 몸을 피했다. 아들은 동백기름이 밴 강숙 씨의 베개를 들더니 손으로 뜯었다. 베갯잇은 내 앞으로, 속에 든 솜은 아들의 신발 위로 떨어졌다.

"니가 날 낳으면서 내 인생도 이 베개처럼 갈가리 찢어졌어. 학교에서는 씨도 모르는 잡것으로 놀림받았고, 군대에 지원해서는 미혼모 아들이라고 상사에게 불려 가 네 엄마가 어떻게 놀아났기에 널 낳았냐, 하는 소리를 매일 들었어. 일 년을 듣고 나니까 내가 정말 인간으로 태어나면 안 되는 놈이구나

하는 생각이 들더라. 그래서 짐승으로 살려고 작정을 했지. 상사 놈의 사타구니를 물어뜯었지. 발길이 오던데 별로 아프지 않더라. 더 꽉 물었지. 총부리가 눈앞에 보이고 짐승이라는 말이 들렸어. 영창의 창살이 짐승을 가두어 두는 케이지 같아서 되레 편했지.”

나는 현관문을 잠그는 아버지를 생각했다. 아버지도 강숙 씨의 아들처럼 짐승을 그곳에 가두고 있을지도 모른다.

“아직도 다 못 물어뜯었는데, 왜 죽냐고.”

아들은 가려운 듯 이를 질경거렸다. 나는 창 쪽으로 움직여 조심스럽게 창문을 열었다. 아들이 내 목덜미를 거머쥐더니 서랍장 쪽으로 팽개쳤다. 옆구리에 통증이 몰려왔다. 강숙 씨가 앓던 허리 통증이 이런 게 아닐까. 나는 가쁜 숨을 골랐다. 아들이 방 안의 물건들을 다시 뒤적였다. 겨우 세워 둔 책상은 완전히 뒤집혔고, 강숙 씨가 덮던 이불도 부엌에 처박혔고, 전기장판 위로 아들의 운동화 자국이 선명하게 찍혔다. 아들이 서랍장을 노려봤다. 나는 앞을 막아섰다. 강숙 씨가 좋아하던 꽃무늬 바지만은 지키고 싶었다. 아들이 내 머리카락을 쥐려 했다. 풀어헤쳐진 몇 가닥만이 잡혔다. 몸을 돌려 손아귀를 쉽게 빠져나왔다. 나는 팔을 펼 수 있을 만큼 펴서 서랍장을 끌어안았다.

"질기다, 질겨! 잡년이 너같이 질겼으면 내가 더 우려낼 수 있었는데."

아들의 얼굴에서 난 땀이 나한테로 튀었다. 나는 손가락 하나하나에 힘을 주었다. 아들이 나를 흔들었다. 반쯤 열린 서랍장은 속을 훤히 드러냈다. 강숙 씨의 꽃무늬 바지가 보였다. 붉은 꽃이 흐드러지게 핀 가운데에 노란 꽃이 피어 있었다.

강숙 씨는 언제나 손빨래를 했다. 나는 세탁기로 빨면 편하다고 말했다. 빨랫감이 별로 없다고 입가에 진 주름을 펴며 웃었다. 강숙 씨는 빨래를 완전히 말리지 않고 걷었다. 덜 마른 옷을 수건으로 감싸고 자근자근 밟았다. 얼룩이 묻고, 냄새가 나던 내 옷도 강숙 씨의 발아래서 새로 태어났다. 주름이 펴진 옷을 보며 세탁기보다 멋지다고 생각했다. 강숙 씨는 아들의 옷도 그렇게 빨았다.

나는 서랍장과 함께 바닥으로 패대기쳐졌다. 옷

들이 팝콘처럼 튀었다. 강숙 씨의 꽃무늬 바지가 창 옆에 떨어졌다. 아들이 창 쪽으로 다가서서 옷을 밟으려 했다. 나는 개구리같이 도움닫기를 하며 뛰었다. 선생님이 봤다면 자세가 좋다고 칭찬을 받았을 것이다. 나는 강숙 씨의 바지를 움켜쥐었다. 무언가 노란 것이 푸드덕 날아올랐다. 꾀꼬리였다. 내가 걸어 둔 새장 위에 앉았다. 강숙 씨의 베갯잇처럼 꽁지깃과 다리가 뜯겨 나갔을까 봐 두려웠다. 아침에 본 모습 그대로였다. 위험을 아는지 모르는지 부리로 깃을 골랐다. 아들이 꾀꼬리를 봤다.

"잡년, 별걸 다 모아 놨네. 입히고 먹일 돈이 남아도나 보지. 만 원짜리 몇 장 달랑 주더니 나한테 보이려고 궁상스러운 짓을 했구나."

꾀꼬리가 지저귀기 시작했다. 강숙 씨가 좋아하던 소리로.

"저놈의 새가 비웃고 있어."

"꾀꼬리야, 날아가!"

아들이 나보다 빨랐다. 동백기름으로 윤기가 흐르던 꽁지깃이 그의 손에 몇 가닥 들려 있었다. 꾀꼬리가 방 안을 맴돌았다. 아들도 돌기 시작했다.

벽으로 막힌 방 안에서 꾀꼬리는 도망갈 곳을 찾지 못해 날개만 퍼덕거렸다. 나는 강숙 씨의 바지를 들고 아들을 향해 던졌다. 아들이 나를 노려봤다. 다시 한번 멀리뛰기를 했다. 나와 부딪친 아들은 바닥에 주저앉았다. 나는 아들의 목덜미를 낚아챘다. 아버지가 나를 잡는 방법으로. 아버지가 목을 조를 때마다 나는 발버둥을 쳤다. 내가 숨을 몰아쉬면 아버지는 혼잣말을 했다.

"왜 한번 생긴 버그는 없어지지 않을까? 바이러스 프로그램을 돌렸는데 치료가 안 돼. 버그가 내 인생을 갉아먹으면서 점점 커져. 죽이려고 할 때마다 도망가. 어떻게 벗어나지, 여길 빠져나가야 하는데."

아들이 컥컥거리고 있었다. 나는 손을 풀지 않았다. 강숙 씨의 장례식이 끝나지 않았으니까. 아들의 얼굴이 벌겋게 달아올랐다.

"아저씨도 나 같은 벌레예요? 내가 아저씨를 죽이면 강숙 씨와 아버지를 괴롭히던 벌레가 다 죽을까요? 강숙 씨가 꾀꼬리를 기른 건 새의 모이가 벌레기 때문일 거예요. 꾀꼬리가 아저씨를 먹어야 해요."

나는 아들의 몸에 걸터앉았다. 꾀꼬리를 부르자 개애액, 하고 울었다. 강숙 씨에게 불러 주던 맑은 노랫소리가 변했다. 꾀꼬리가 내 어깨 위에 올라탔다. 파닥이던 깃에 뺨을 맞았다. 크게 부풀던 덮깃이 펴지지 않고 멈췄다. 강변에서 빈 병을 주우며 본 애드벌룬이 생각났다. 날아가지 못하게 줄에 묶여 있었다. 바람이 불 때마다 휘청거렸다, 강숙 씨의 걸음걸이처럼. 나는 꾀꼬리의 발을 보았다. 어디에도 줄은 없었다. 꾀꼬리가 아들의 머리 위로 옮겨 갔다. 아들의 숨이 가빠졌다.

"아주 큰 벌레야. 내가 잡았어. 강숙 씨가 너 주려고 남기고 간 거야. 맛있게 먹어."

꾀꼬리가 부리로 아들의 이마를 쪼기 시작했다. 아들의 미간이 구겨지며 몸을 버둥댔다. 나는 꾀꼬리에게 특별식으로 주던 송충이가 떠올랐다. 좀 더 쪼아 대면 녹색 피를 흘리며 죽어 갈 것이다.

벌레가 너무 컸다. 꿈틀꿈틀 몸을 뒤척이더니 아들이 나와 꾀꼬리를 떨쳐냈다. 강숙 씨의 꽃무늬 바지 위로 벌러덩 자빠졌다. 아프지는 않았다. 아들이 꾀꼬리를 낚아채려 했다. 나는 창 쪽으로 꾀꼬리를 불렀다. 새가 벌레에게 잡혀서는 안 된다. 창은 반쯤 열려 있었다. 꾀꼬리가 창턱을 넘었다. 강숙 씨의 동백기름 냄새가 났다. 향긋했다. 해가 떴고, 하늘은 구름 한 점 없이 맑았다. 하늘을 향해 날갯짓하는 꾀꼬리가 보였다. 몇 가닥 남지 않은 꽁지깃이 햇살을 받아 반짝였다. 찌르릉거리는 소리가 났다. 날갯짓할 때마다 더 크게 들렸다. 꽁지깃으로 바람이 스치면서 소리가 커지는 듯했다. 파란 하늘을 뚫고 계속 나아간다. 새장을 벗어난 꾀꼬리는 마음껏 날 것이다. 나의 날개는 얼마나 자란 것일까. 깃털이 성기고 엉성해서 제대로 바람을 타지 못한다. 나는 기다릴 것이다. 내 몸을 띄울 수 있는 굵고 튼튼한 깃이 다 자라기를. 나는 아직도 새장 속에 머물고 있다.

우리는

그녀가 아파트 공동 현관문 앞에 서 있다. 나는
서둘러서 언덕을 올랐다. 오월이지만 한낮은 반소
매를 입고 싶을 정도로 더웠다. 나는 와이셔츠 소맷
자락을 걷었다. 그녀는 긴소매의 검은 외투를 걸치
고, 고무줄로 질끈 묶고 있던 머리를 풀었다. 며칠
전까지 그녀는 굽이 낮은 단화나 슬리퍼를 신고 다
녔다. 오늘은 하이힐을 신고 있다. 눈을 찌르는 햇
빛 때문에 그녀의 얼굴은 보이지 않는다.

　사월 말부터 덥기 시작했다. 오월이 되자 100년
만의 더위라고 야외 활동을 자제하라는 안내 문자
가 매일 왔다. 데워진 아스팔트를 지나 소방차가 지
상 주차장으로 들어왔다. 나는 주위를 둘러봤다. 연

기가 나는 곳은 없다. 뜬금없이 나타난 소방차가 의아스럽다. 그녀가 내 손을 끌었다. 소방훈련을 위해 지원을 나온 차량이라고 했다. 어젯밤 뉴스에서 고층 아파트에 불이 난 장면을 봤다. 늦은 밤이어서 사람들은 잠옷 차림으로 나왔다. 그들의 표정에 공포와 안도가 섞여 있었다. 불타 버린 건물이 을씨년스러웠다. 인터뷰하는 사람의 얼굴에는 검댕이 묻어 있었다. 건물에서 떨어지는 낙하물 때문에 소방차는 도로에 주차했다. 연기도 불도 더는 보이지 않았다. 카메라는 바닥에 있는 비상 주차장이라고 쓰인 표시를 잠시 비췄다. 속보는 그렇게 끝이 났다. 그녀가 말없이 자리를 떠났다.

"더운데 타고 갈래?"

나는 흘러내리는 이마의 땀을 훔쳤다.

"걸어가자."

구청이 문을 닫기 전까지 가면 되었다. 그녀가 앞장을 섰다. 가는 굽 때문에 그녀는 움직일 때마다 위태롭게 끼우뚱거렸다. 그녀는 구청이 있는 방향으로 가지 않고 아파트 앞 건널목을 건넜다.

일방통행 도로를 지나면 돔 형태의 지붕이 나왔

다. 밑에는 커다란 아날로그 시계가 매달려 있다. 지붕을 받치고 있는 대들보에는 레일이 깔려 있어서 매시간 정각이 되면 미니어처 기차가 한 바퀴 돌았다. 그녀는 기차가 출발해서 종착점에 도착할 때까지 구경하곤 했다. 한 시가 됐다. 나는 그녀 옆에 서서 기차가 움직이기를 기다렸다. 슬슬 기적 소리가 나야 한다. 한 시 오 분이 되었지만, 기차는 출발하지 않았다. 나는 역사를 보기 위해서 기둥에서 멀찍이 물러났다. 증기 기관차를 본뜬 기차는 레일 위에 납작 엎드려 있다. 출발을 못 하는 건지 안 하는 것인지 알 수 없다. 아날로그 시계의 시간은 계속 간다. 쉼 없이.

"건전지가 나갔나 봐."

그녀가 아쉬운 듯 말했다. 얼마 전 할인점에서 산 건전지가 생각났다. 아직 포장도 뜯지 않았다. 기차를 보던 그녀가 기둥 한 곳을 가리켰다. 시계탑의 외벽에 안내문이 붙어 있었다. 이 기차는 고장으로 당분간 운행하지 않습니다. 역사에서 움직이지 못하는 기차를 보자, 뉴스 속보에서 봤던 불타 버린 건물이 떠올랐다. 그을음에 잠식된, 구멍이 뚫려 집이라는 수식어가 무색한, 곧 파사삭 부서져 버릴 것 같은, 폐허. 나는 그녀를 찾아 두리번거렸다. 뜨거운 햇볕 아래 그녀가 서 있다.

드릴 소리가 들리더니 작업복을 입은 남자가 제어판 앞에서 나타났다. 남자가 부속 하나를 뺐다. 작고 둥근 물체였다.

"며칠 전에 갈았는데 왜 자꾸 에러가 나지."

남자는 고개를 꺄우뚱거리며 중얼거렸다. 나는 남자의 어깨너머로 제어판을 들여다봤다. 전원은 들어와 있다. 남자가 둥근 물체를 제어판 하단에 넣고 빨간 버튼을 눌렀다. 웅웅거리는 소리가 나다가 조용해졌다. 기차는 여전히 움직이지 않는다. 남자가 공구함을 뒤적였다.

"뭐가 문젠데요?"

남자가 나를 힐끗 봤다. 눈에 땀이 들어갔는지 연신 깜빡인다.

"날씨가 미치니까, 같이 말썽이네요."

나는 남자의 말에 고개를 주억거렸다. 열사병에 걸려도 이상하지 않을 폭염이다. 나는 호야가 이 더위를 몰라서 다행이라고 생각했다. 날씨도, 나도,

그녀도 정상은 아니었다.

"쉬엄쉬엄하세요."

남자의 손은 쉴 새가 없다. 멍키스패너를 꺼내서 나사를 죈다. 멍키스패너가 볼트 머리에서 자꾸 미끄러진다. 남자의 씩씩거리는 숨소리가 들린다. 나도 덩달아서 헉헉댄다. 볼트 머리에는 쓸린 자국이 늘어난다. 더위를 먹었나, 남자가 중얼거린다. 주머니에서 얇은 수건을 꺼내더니 볼트에 감싼다. 멍키스패너가 미끄러지지 않는다. 나는 가쁜 숨을 겨우 골랐다. 그녀가 나를 아련히 바라보더니 시계탑을 떠났다.

그녀는 느릿느릿 걸었다. 시계탑을 지나면 구시가지로 연결되는 골목길이 나왔다. 그녀가 발걸음을 골목 안으로 옮겼다. 작달막한 처마를 마주한 담벼락이 그들의 발소리를 튕겨 냈다. 바람이 나를 스치며 골목 안으로 달려갔다. 그녀에게 맞춰 걷다 보니 나는 제자리를 맴돌고 있는 것 같았다.

"일은 잘됐어?"

그녀가 나를 보지 않고 물었다. 오 일의 휴가가 끝나고 처음 출근한 날이었다.

"얼마 쉬지도 않았는데, 손이 굼떠서 애를 먹었어. 내일은 조금 더 좋아지겠지?"

밀린 보고서를 내고 나니 점심때였다. 출근한 직원은 몇 명 되지 않았다. 나머지는 재택근무 중이었다. 나는 반차를 냈다. 팀장은 싫은 내색도 없이 가라고 했다.

그녀가 멈춰 서 있다. 나는 줄무늬 고양이가 고슴도치처럼 털을 세운 벽화를 봤다. 앞에는 아무것도 없었다. 뭘 봤기에 저렇게 놀랐을까. 발톱과 꼬리를 곤추세우고 잔뜩 긴장하고 있는 모습이 안쓰러웠다. 그녀에게 하지 못한 말이 떠올랐다. 꿈속에서 본 줄무늬 호랑이는 똑바로 걷지 못하고 비틀거렸다. 나는 호랑이가 다가오기를 기다렸다가 겨우 품에 안을 수 있었다. 꼬리가 만져지지 않았다. 원래 없었던 것인지, 사고로 끊어진 것인지 알 수 없었다. 호랑이가 그르렁거리며 나에게 몸을 기댔다. 그녀에게 태몽으로 호랑이 꿈을 꾸었다고 했다. 꼬리가 없었다는 말은 하지 못했다. 그녀가 용감한 아이가 태어나려는가 보다며 맑게 웃었다. 나는 따라 웃지 못했다.

"못 보던 고양이야. 언제 그려진 거지?"

그녀와 산책을 나온 게 이 주 전이었다. 걷는 걸 힘들어하던 그녀 때문에 삼십 분이면 갈 거리를 한 시간 반 동안 걸었다. 이후로 산책을 하지 않았다. 그녀가 못 움직이겠다고 선언했기 때문이다.

"줄무늬가 선명하게 그려졌네. 솜씨가 좋아."

"어두울 때 보면 호랑이처럼 보일까?"

"고양이는 고양이일 뿐이야."

그녀는 실망한 표정을 지었다. 고양이를 아래로, 위로, 거꾸로 본다고 호랑이가 되지는 않았다.

"우리 주말에 동물원 가서 호랑이 보자. 움직이는 게 보고 싶어."

휴가 때문에 통계자료 보고서 작성이 늦어지고 있었다. 주말에는 밀린 일을 해야 한다. 나는 대답을 하지 않았다. 골목의 끝이 보였다. 그녀에게 다 왔다고 했다. 그녀는 허리가 아픈 듯 잠시 서 있었다. 골목을 달리던 바람이 한 곳에 모이더니 하늘로 솟구쳐 올랐다.

어머니에게서 출발했냐고 묻는 전화가 왔다. 나

는 가고 있다고 짧게 답했다. 호야가 태어나고 어머니의 전화는 밤낮을 가리지 않았다. 출근 준비를 하는 이른 아침에도, 회사에서도, 잠을 자기 위해서 누운 침대에서도, 그녀와 섹스를 하는 도중에도 왔다. 그녀는 받으라고 했지만 나는 모른 척했다. 섹스가 끝나도 전화벨 소리는 끊어지지 않았다. 어떨 때는 그녀가 휴대폰을 내 귀에 대어 줄 때도 있었다. 도착하면 연락 달라는 말을 남기고 어머니는 전화를 끊었다.

"어머니는 지치지도 않으셔. 어디서 그런 힘이 나는지, 나도 좀 빌리고 싶어."

그녀가 물이 고여 질척거리는 길을 걸으며 말했다. 공사 중이라는 표지판이 보였다. 도로가 파헤쳐져서 길이 막혔다. 수도관 파열로 인해서 매설 공사를 진행하고 있다는 안내문이 적혀 있었다. 나는 우회하는 길을 찾기 위해서 공사 현장을 둘러봤다. 구덩이에서 파낸 흙이 자그마한 봉분처럼 솟아 있었다. 구덩이는 깊어 보였다. 흙더미를 바라보던 그녀가 넘어갈 수 있다며 앞장섰다. 그녀가 밟을 때마다 흙더미가 무너져 내렸다.

"비껴가자."

나는 그녀에게 내려오라고 했다.

"건널 수 있을 것 같았는데……."

그녀의 구두에 흙이 묻었다. 나는 주머니에 있던 물티슈를 건넸다. 그녀는 쓰지 않았다. 나는 우회도로 쪽으로 방향을 틀었다. 그녀가 걸을 때마다 울퉁불퉁한 보도블록 위에 발자국이 남았다. 그녀와 거리가 점점 멀어졌다. 따라잡으려는 생각은 하지 않는다. 그녀와 나는 같은 곳으로 가고 있으니까.

구시가지의 번화가가 나왔다. 이른 더위에 에어컨 실외기가 돌아가는 소리가 들렸다. 상점 문에는 냉방중이라 쓰여 있었다. 열린 문틈으로 시원한 바람이 나왔다. 조금이라도 땀을 식힐 수 있으면 되었다. 그녀의 걸음이 멈칫했다. 옷가게 앞에서.

매대에는 아이들 옷이 놓여 있었다. 할인 판매라고 붙은 상의를 들고 그녀가 만지작거렸다. 그녀에게 마음에 들면 사라고 했다. 내 눈에는 색깔만 다를 뿐 그 옷이 그 옷 같았다. 그녀는 상의와 하의를 맞춰 가며 어떤 옷이 어울리는지 내게 물었다. 그녀가 물어볼 때마다 괜찮아 보인다고 말했다. 그녀가 마지막으로 고른 옷은 까만 체크 무늬 바지였다. 멀리서 보면 줄무늬처럼 보이기도 했다. 그녀가 바지를 흔들자 주인이 나왔다.

"할인 판매하는 제품이 아닌데요?"

그녀가 나를 바라봤다. 나는 주인이 건네는 쇼핑백을 받았다.

선물로 들어온 아이의 옷이 떠올랐다. 신생아용 저고리는 입히기도 전에 작아질 것이다. 그녀가 배냇저고리는 반품해야 할 것 같다며 업체와 통화를 하면서 목소리를 높였다. 나는 그녀에게 중고로 팔면 된다고 했다. 그녀는 나를 흘겨보며 며칠 동안 말을 하지 않았다. 업체인지, 나인지, 그녀 자신인지, 누구에게 화를 내는지 알 수 없었다. 옷을 싼값에 내놓자 사겠다는 문자가 여럿 도착했다. 나는 덤으로 양말이나 손수건을 주었다. 고맙다고 인사를 하는 이도 있었고, 하자가 없는지 의심의 눈길을 보내는 이도 있었다. 그녀에게는 잘 입히겠다는 인사를 받았다고만 했다. 마지막 옷을 팔면서 그녀도 함께 고객을 만나러 갔다. 친구가 임신해서 선물용으로 샀다며 젊은 여자는 웃었다. 나는 축하한다고 했다. 여자가 멀어져 가는 모습을 그녀는 지그시 바라봤다.

"좋겠다."

그녀가 중얼거렸다. 질끈 뒤로 묶은 머리카락이 잠시 흔들렸다가 멈췄다. 나는 먹구름이 낮게 드리운 하늘을 올려다봤다. 빠르게 서쪽으로 흘러가고 있었다.

"비는 안 오겠다."

"내리면 좋을 텐데. 너무 가물어서 어떻게 해!"

지난겨울에는 눈조차도 드물어서 백 년 만에 겪어 보는 가뭄이라며 뉴스에서 떠들었다. 봄이 끝나가지만 비는 여전히 내리지 않았다.

조용한 거리에 먼지만 날아다녔다. 임대라고 붙은 상가가 많이 보였다. 경기가 침체하면서 문을 닫았다. 저녁 9시면 사람들이 다니지 않는 번화가는 을씨년스러웠다. 어머니가 자신이 젊었을 때 겪었던 통금 같다고 했다. 자정이 되면 거리가 말겠다고. 사이렌이 울리고 나서 나다니면 경찰에게 잡혀가 유치장에서 하룻밤 묵고 나왔다며 미간을 찡그렸다. 밤에 돌아다닌 게 뭐 큰일이라고 사람을 잡아들이느냐고 물었다. 글쎄, 시절이 그래서 그런 거지 뭐. 어머니가 말하는 시절이 뭔지 어렴풋이 이해되었다. 그녀와 내가 재택근무를 하는 시절이 그런 것처럼.

영상 통화가 걸려 왔다. 어머니였다. 내가 서자 그녀도 멈췄다. 어머니가 무슨 말을 할지 짐작이 갔다. 나는 전화를 끊었다. 벨 소리가 내 주머니에서 계속 들렸다. 그녀가 시끄럽다며 받으라고 했다. 영상 통화 속 어머니는 날마다 보던 모습 그대로였다. 처진 눈꺼풀이 눈을 반쯤 가려 눈동자가 보이지 않았다. 말을 시작하려고 할 때마다 입술에 침을 발랐다.

"가고 있어요. 다 되면 연락드리려고 했어요."

"너만 괜찮으면 된데이."

"수라 바꿔드려요?"

전화기에서 아무런 소리도 들리지 않았다. 어머니는 항상 자신의 말만 하고 끊었다. 결혼 초에 그녀는 어머니의 귀가 안 들리냐고 물어보기도 했다. 어머니가 무슨 말을 했는지 알고 있다는 듯이 그녀는 머리를 끄덕였다.

"참 노인네 안 늙어. 세월을 거슬러 가시나 봐."

등산에, 요가에, 몸매를 위해서 스포츠 댄스까지 배우는 어머니였다. 예순이 넘었지만 걸음걸이는 젊은 사람처럼 힘이 있었다. 한 달 전에는 댄스 시합을 나간다고 했다. 동영상으로 어머니는 새로 산 옷을 보여 줬다. 시스루였다. 어머니의 살결이 훤히 비쳐서 눈을 어디에 둬야 할지 당황스러웠다. 달뜬 어머니의 기분을 망치고 싶지 않아서 전화를 끊지 못했다. 그녀가 다시 걸음을 옮겼다.

그녀도 나도 한 달이 넘게 집에서 재택근무를 하고 있었다. 회사에는 필요 인원 몇몇만 출근했다. 화상으로 업무를 보는 일은 익숙해졌지만 출퇴근 시간이 없어졌다. 야간 업무를 하면 수당이 들어왔다. 재택근무에서는 어디까지가 야간 업무에 속하는지 알 수 없었다. 메일로 들어오는 업무 지시를 보고서로 보낼 때까지 일은 계속되었다. 어떨 때는 새벽까지 했다. 잠자는 시간도 들쑥날쑥해졌다. 그녀도 나와 비슷했다. 어머니가 아이를 가지는 게 어떻냐고 했다. 나는 어머니의 생각이 괜찮아 보였다. 그녀는 회사가 어수선하다며 내년쯤 계획하고 있다고 했다. 결혼 2년 차였다.

나는 그녀와 침대에서 머무는 시간을 늘려 갔다. 자고 싶다는 그녀를 집요하게 애무하곤 했다. 어머니의 기대대로 임신이 되었다. 호랑이 태몽을 꿔서 태명을 호야로 지었다. 입덧이 심하지 않아 나는 다행이라고 생각했다.

물을 먹지 못한 가로수들이 파란 잎사귀를 떨궜다. 이팝나무가 점점 앙상해지고 있다. 걷는 동안 배가 고파졌다. 배가 고프다는 게 통증일까, 느낌일까. 나는 간판을 훑어보며 음식점을 찾았다. 김밥집, 일식집, 칼국숫집이 보였다. 그녀는 김밥을 먹을 때마다 입안 가득 음식을 넣고 먹는 게 싫다고 했다. 김밥을 터뜨려서 밥 따로 반찬 따로 먹었다. 나중에는 남은 밥과 속 재료가 섞여서 얼핏 보면 비빔밥 같기도 했다. 매운 고추가 들어간 음식을 좋아하는 그녀에게 일식을 추천할 수는 없었다. 왜 이렇게 밍밍하지 그러면서 매운 고추를 주문할 게 뻔했다. 칼국수는 내가 좋아하는 음식이다. 울퉁불퉁 고르지 않은 면발이 입안에서 씹히는 감촉이 좋았다. 칼국수를 먹으러 가자고 하면 그녀는 자기가 좋아

하는 음식만 고른다며 볼멘소리를 한다. 그녀에게
물어보는 게 낫겠다.

"배고프다. 뭐로 할래?"

"돼지국밥."

입덧이 심했던 그녀가 유일하게 먹을 수 있던 그
돼지국밥. 가마솥을 걸어 놓고 뽀얀 국물이 우러날
때까지 연한 불에서 반나절을 끓인다고 했다. 세월
의 때가 눌어붙은 테이블과 손님들이 드나들면서
닳아 버린 바닥 때문에 내부가 깔끔해 보이진 않았
다. 주인 아저씨는 음식에도 장인 정신이 필요하다
고 침을 튀기면서 말했다. 그녀는 음식이 맛만 있으
면 되지, 라고 했다. 주인 아저씨 말대로 국물이 진
했다. 토렴한 밥이 퍼지지도 않았고, 수육 같은 고
기는 기름기가 빠져 담백했다. 돼지국밥을 먹을 때
는 그녀의 입덧이 잠잠해졌다. 그녀는 한 그릇을 다
비웠다.

가게는 한산했다. 돼지국밥 냄새가 빈자리를 채
우고 있었다. 주인 아저씨에게 먹는 대로요 하고 주
문했다. 단골손님의 특권이다. 오랜만에 왔다며 아
저씨가 말을 건다. 그녀와 나는 가게 입구 쪽에 자

리를 잡았다. 테이블과 의자에 투자 좀 하시라고 농을 건넸다. 그 돈으로 질 좋은 돼지고기를 사는 게 낫다고 아저씨가 멋쩍게 웃는다. 시키지도 않은 수육이 나왔다. 마누라가 주려고 삶은 건데 맛을 보라고 했다. 기름이 흐르는 게 먹음직스러워 보였다. 그녀가 한 점을 새우젓에 찍어서 입안에 넣었다. 한참 우물거리더니 냅킨에 뱉어 내고 접시를 내 쪽으로 밀었다. 나는 절인 양파와 함께 한 점 먹었다. 돼지 누린내도 나지 않고 얼마 씹지도 않았는데 부드럽게 목으로 넘어갔다.

"맛있는데. 더 먹지 않고."

"오늘따라 비리네."

생선도 아닌데. 나는 고기 접시에 코를 대고 킁킁 냄새를 맡았다. 군침이 넘어갔다. 마지막 한 점을 먹으면서도 비린내를 찾지 못했다. 접시를 다 비우자 돼지국밥이 나왔다. 토렴한 밥이 이팝나무 꽃처럼 피어 있었다.

그녀가 자신의 고기를 내 뚝배기로 옮겼다. 수육한 접시를 다 먹어서 배가 불렀다. 빈 접시 위에 그녀가 건네 준 고기를 담았다. 새우젓 때문인지 갈증이 났다. 두어 숟가락 연거푸 떠먹었다. 국물이 지난번에 왔을 때보다 더 진해졌다. 내가 먹는 모습을 지켜보던 그녀가 숟가락을 내려놓았다. 이 주 전까지는 내가 하던 일이었다. 그녀가 배부르다고 등을 등받이에 기대면 그제야 나는 남은 국밥과 추가 주문으로 나온 것을 먹었다. 그녀가 먹는 모습을 보고 있으면 나도 모르게 침이 넘어갔다. 그녀가 국물을 한술 떴다. 먹지는 않고 가만히 보고만 있다.

"반나절만 끓여도 이렇게 진국을 얻을 수 있는데, 나는 열 달을 고아 뜸을 들였는데 왜 진해지지 않았을까?"

그녀의 국밥이 식어 갔다. 이팝나무 꽃처럼 하얗던 밥이 양념장 때문에 불그죽죽해졌다. 나도 숟가락을 놓았다.

"어머니가 참젖이 아니라서 먹지 않는대."

"별다른 게 있나, 뱃속에 들어가면 똑같아."

"아이에게 우유병을 물리는 어머니를 봤어. 초유 분유가 잘 나온다고 하더라."

"우유 먹이면 당신도 편해지잖아."

"초유는 먹이고 싶다고 기다려 달라고 했지만, 애

배곯는다며 듣지 않더라고. 어머니는 참 한결같아.”

나는 돼지국밥 한 그릇을 다 비웠다. 그녀의 국밥 그릇에 있던 밥알들은 불어서, 퍼지고 엉겨 한 덩어리가 되었다.

“안 먹을 거면 가자.”

나는 냅킨으로 번들거리는 입을 닦았다.

“조금만 더 있다가 가.”

그녀가 약병을 쥐며 말했다. 노란 알약을 입에 털어 넣었다. 젖을 삭히는 약이었다. 그녀의 젖몸살은 점점 심해지고 있었다. 약을 먹었는데도 열이 40도를 오르락내리락거렸다. 지난밤에도 그녀는 찬물로 샤워를 했다. 나는 욕실 안에서 들리는 소리가 그녀의 울음인지, 물소리인지 구분이 되지 않았다. 문 앞에서 서성이며 그녀를 기다렸다. 그녀는 새벽과 아침의 경계가 허물어질 때쯤 나왔다.

“집에서 먹고 오지.”

그녀가 한 알을 더 먹었다. 한 번에 한 알이 정량이었다. 많이 먹어서 효과가 빨리 나타날 것 같으면 그녀가 앓지도 않았을 것이다. 열이 오르지 않길 바랄 뿐이다. 그녀는 물을 다 마시고 다시 채웠다. 컵의 가장자리를 만지며 물이 찰랑대는 모습을 봤다.
그녀가 컵을 흔들자 물이 쏟아졌다.

"확실히 움직이면 흘러넘치네. 내가 움직여서 젖
이 넘치나 봐."

그녀는 젖이 불어서 매일 아침 유축기로 짰다. 소
고기를 꺼내기 위해 열어 본 냉동실의 신선 칸에는
짜 놓은 젖이 가득했다. 팩에는 일련번호처럼 숫자
가 쓰여 있었다. 그녀의 퇴원 날짜가 눈에 띄었다.
나는 팩을 꺼냈다. 초유, 호야 꺼. 그녀가 남긴 메모
가 보였다. 그녀의 품에 안겨 젖병을 빨던 호야를
떠올렸다. 등을 아무리 토닥여도 트림을 하지 못했
다. 나는 팩을 제자리에 두었다. 냉동실 위 칸에는
그녀가 즐겨 먹던 아이스크림이, 신선 칸에 있던 소
고기는 구석에 아무렇게나 박혀 있었다. 그녀와 호
야를 위해서 준비해 놓은 것이었다.

"냉동실에 있는 젖은 어떡할 거야?"

"봤구나."

그녀가 내 쪽으로 상체를 숙였다.

"쓰레기봉투에 넣어야 하나, 아니면 그냥 개수대
에 버리면 되나?"

"손대지 마, 내가 알아서 할게."

쓰레기를 버리는 사람은 나였다. 여분의 종량제 봉투를 사 둬야겠다.

호야를 가지면서 그녀는 아이스크림을 자주 먹었다. 한번은 찬 음식을 먹는다고 어머니에게 꾸지람을 들은 적도 있었다. 냉동실 가득 과일맛 아이스바를 채웠다. 이가 시리다면서도 한입 가득 베어 물고 우물거렸다. 어떨 땐 세 입 만에 아이스바 하나를 먹어 치웠다. 빈 막대를 흔들면서 내 것을 뺏으려 했다. 한 입 줘도 되잖아. 그녀가 부루퉁하게 말했다. 나는 먹던 아이스크림을 그녀의 입에 넣어 줬다.

"후식으로 아이스크림 먹을래?"

"이 시려."

나는 편의점으로 들어가 즐겨 먹던 오렌지 맛 아이스바를 샀다. 한입 베어 물려고 입을 크게 벌렸다. 너무 꽁꽁 얼어서 이가 들어가지 않았다. 치근 부분이 아렸다. 그녀가 거봐라는 듯이 어깨를 으쓱했다.

"이도 들어가지 않는데. 뭐 하러 들고 있어."

"소프트 아이스크림이라고 적혀 있는데……."

냉동고에서 식다 못해 얼어 버린 그녀의 젖과 기름이 둥둥 뜬 돼지국밥이 떠올랐다. 먹을 수 없어서, 아니 먹지 못하는 밥. 이팝나무 가지를 흔들던 세찬 바람에 꽃잎이 우수수 떨어졌다.

한낮의 뜨거운 기운은 쉽게 식지 않았다. 그녀와 나는 문 앞에서 서성였다. 누가 먼저 들어갈지 내기라도 했다면, 그녀가 이겼을 것이다. 설거지 내기라든가, 베란다의 먼지투성이 방충망 청소라든가, 하다못해 꿀밤 때리기에서도 그녀가 항상 이겼다. 한번은 이기는 법을 알고 싶어서 물었다. 그녀는 새끼손가락을 지그시 깨물면서 심각한 표정을 지었다. 나는 강아지가 간식을 기다리듯이 그녀를 봤다. 멈춰 버린 동영상처럼 그녀는 오래도록 그 자세를 유지했다. 나는 조바심이 났다. 그녀를 설득하기 위해서 뇌물로 아이스크림을 바쳤다. 그녀가 장난기 서린 미소를 지으며 내 얼굴에 다 있다고 말했다. 나는 고개만 갸우뚱거렸다. 눈, 코, 입 말고 뭐가 있다는 건지 알 수 없었다. 그녀는 아직 이기는 법을 말해 주지 않았다.

유리문이 갑자기 열렸다. 나는 이마가 아파서 만지작거렸다. 그녀가 내 옷을 당겼다. 나는 그제야 문 앞에서 비켜섰다. 구청에서 나오던 사람을 보지 못했다. 남자가 위아래로 나를 훑어봤다. 내가 길을 막고 있었던 모양이다.

"들어갈래?"

"조금만 더…… 아직 시간이 안 됐어."

나는 그녀가 무엇을 기다리고 있는지 안다. 십여 분이 남았다. 그녀의 얼굴이 굳어진다.

"서류 작성하는 시간도 있잖아."

그녀의 굳은 얼굴은 풀리지 않는다. 나는 우리가 가야 할 창구를 눈으로 찾았다. 5번에 출생, 사망이라고 적혀 있다. 주머니에 있던 휴대폰이 울었다. 그녀가 받으라는 손짓을 하며 문 앞에 멈춰 섰다. 어머니에게 신고를 못 했다고 알렸다. 내 표정을 살피던 그녀가 스피커폰으로 바꾸라고 서늘하게 말했다.

"기다리다 애미 숨넘어가겠데이."

그녀의 얼굴이 이지러졌다.

"넘어갈 숨이라도 남아 있어서 다행이네요."

그녀의 목소리가 전해질까 싶어서 휴대폰을 감쌌다. 어머니의 풀 죽은 목소리가 흘러나왔다.

"하루 참 길데이."

회사를 다녀왔고, 그녀를 만났고, 자주 다니던 골목길을 걸었고, 옷가게에 들러 구경을 했고, 단골국밥집에 가서 밥을 먹었고, 편의점에서 막대 아이스크림을 샀다. 먹지 못한 아이스크림을 편의점 간이 테이블 위에 두고 왔다. 지금쯤 질편하게 녹아 있을 것이다.

그녀가 내게 휴대폰을 던졌다. 볼륨을 줄이고 어머니라고 적힌 화면을 바라봤다. 얼마 지나지 않아 화면이 검어지면서 어머니가 사라졌다. 이제는 목소리도 들리지 않았다. 그녀가 5번 창구를 바라보고 있다.

"하자."

그녀의 목소리에 물기가 서렸다. 서류 정리를 하던 직원이 그들을 바라봤다. 탁자 위에는 출생신고서와 사망신고서가 나란히 놓여 있었다. 직원은 내가 어떤 걸 집는지 지켜봤다.

"돌아가신 분 주민등록번호 확인해 주세요."

나는 서류들을 주섬주섬 꺼냈다. 출생신고서와 사망진단서가 보였다. 그녀의 손에 들린 모자 수첩이 눈에 띄었다. 신고하는 데 필요한 것은 아니었지만, 호야의 주민등록번호가 인쇄되어 있었다. 202× ××…… 주위의 시선이 그녀에게로 쏠렸다. 생년월일을 다 읽고, 다음 숫자를 읽으려던 그녀의 얼굴이 일그러졌다. 1에서는 목소리가 잠겼고, 8에서는 목소리가 떨렸다. 그녀는 끝내 다 읽지 못했다. 나는 써 내려가던 손을 멈췄다. 듣지 못한 마지막 숫자는 출생신고서에서 봤다. 나는 그녀의 손에서 모자 수첩을 빼앗았다. 호야의 발 사진 아래로 그녀의 이름과 호야의 이름이 있었다. 나는 주민등록번호를 쓰고 수첩을 그녀에게 돌려줬다. 신고인을 누구로 할지 그녀에게 물었다.

"나로 해 줘."

그녀의 목소리가 잠겼다. 나는 순순히 자리를 내어 줬다. 그녀는 바로 앉지 않고 머뭇거렸다. 직원이 나를 쳐다봤다. 그녀가 사망신고서를 손으로 두어 번 쓸어내리더니 볼펜을 들었다. 그녀의 손이 빈

칸 주위를 맴돌았다.

"내가 대신 써 줄까?"

그녀의 손이 멈칫했다.

"다른 서류부터 먼저 제출하세요." 그녀를 기다리던 직원이 나를 보고 말했다.

나는 가족관계등록부를 먼저 건넸다. 신고인의 신분 확인을 위해서는 그녀의 신분증이 필요했다.

"내 주민등록번호가 뭐였지?"

그녀가 물었다. 가까운 친척과 친구들의 전화번호를 무리 없이 외우던 그녀였다. 나도 생각이 나지 않았다. 직원에게 건넨 가족관계증명원에는 있을 텐데. 그녀는 운전면허증을 꺼내서 보고 적었다. 서류 작성이 거의 끝났다. 그녀의 신분증과 사망신고서만 제출하면 되었다. 주춤하는 그녀 대신 내가 건넸다.

"올해 출생한 거 맞나요?"

한 번 더 확인했다. 직원의 이마에 주름이 잡혔다.

"호랑이띠예요."

그녀가 대답했다. 올해는 검은 호랑이의 해였다.

"신고 끝났습니다."

신고를 하는 데 걸린 시간은 10분 남짓이었다. 나는 5번 창구를 물끄러미 바라봤다. 출생도 사망도 한 곳에 있었다. 그녀가 터벅터벅 걸어 나갔다. 해가 저무는데도 더위는 가시지 않았다.

그녀가 내게 손을 내밀었다. 뭘 달라는 걸까. 내 손에 있던 휴대폰을 빼앗았다. 스피커에서 어머니의 목소리가 들렸다.

"끝냈어요."

"고생했데이. 조심해서 오니라."

그녀가 휴대폰을 바닥에 떨어뜨렸다. 부서지지 않고 액정에 붉은색 줄이 여럿 생겼다. 어머니가 화면에 계속 떠 있었다. 줄들이 어머니라는 글자 위를 가로지르면서 조각내고 있다. 깨어진 글자를 보고 있으니 속이 매슥거렸다. 토렴하면서 국물을 뱉어내던 국밥이 생각났다. 입덧처럼 헛구역질이 계속 올라왔다. 입안에서 쏟아진 것들이 바닥을 적셨다. 늦은 점심으로 먹은 소화되지 못한 국밥과 수육 건더기가 흩어져 있다. 이팝나무꽃을 닮은 밥알도. 그녀가 해그림자를 따라 주차장을 벗어났다. 나는 토사물을 치우지도 않고 그녀 쪽으로 뛰었다. 검은 등만 보인다.

"수라야, 수라, 호야 엄마!"

목 안이 따가워서 쉰 소리가 났다. 그녀는 돌아보지 않는다. 놓치면 다시는 잡지 못할 것 같다. 걸음을 서두르다 다리가 꼬였다. 철퍼덕 넘어진다. 소방차가 사이렌을 울리며 지나간다. 도로를 점령한 차들이 한쪽으로 비켜 준다. 나는 내가 소방차였으면 한다. 그녀에게로 가는 길에 요철도, 붉은 신호도, 차량 정체도, 공사 중이라는 푯말도 없으면 좋겠다. 벌떡 일어나 그녀를 따라 내달린다. 그녀의 검정 외투가 보인다. 잡힐 듯 가까워진다. 손에 꽉 움켜쥔다.

시계탑의 돔 지붕이 보였다. 둥근 아날로그 시계가 정시를 1분 남겨 두고 있다. 기차의 굴뚝에서 연기가 피어올랐다. 바퀴가 서서히 움직이기 시작했다. 앞바퀴, 뒷바퀴. 속도가 붙었다. 삐, 기적 소리가 울렸다. 레일 위를 미끄러지듯이 기차가 출발했다. 천천히 달리는 기차…… 우리는 출발점에 다시 서 있다.

물고기
비늘

비린내가 났다. 그녀의 집은 시장 맞은편에 있다. 입구에 있는 생선 가게에 활어차가 들어오면 냄새가 진동한다. 창문이 미세하게 열려 있었다. 그녀는 고양이처럼 몸을 움츠렸다. 휴대폰 알람으로 설정해 놓은 일기예보에서 날씨를 말해 주고 있었다. 저기압의 영향으로 습도가 높아 불쾌지수가 올라간다고 했다. 일곱 시, 그가 올 시간이다. 그녀는 얼른 일어나 창문을 닫았다. 그리고 공기청정기를 켜고, 방향제를 뿌렸다. 비린내가 좀은 가신 듯했다.

그녀는 그를 처음 본 날을 떠올렸다. A마트의 방향제 진열대 앞에 검은색 스키니 바지를 입은 그가 서 있었다. 그는 물건을 집을 때마다 일일이 냄새를 맡아 보았다. 디퓨저 전시대에서 남자를 보기는 드물었다. 그녀는 그를 신기하게 쳐다봤다.

그녀는 꽃향기와 녹차 향 방향제를 두고 어느 것을 고를지 고민하고 있었다.

"녹차 성분이 들어 있는 방향제가 좋아요. 향이 은은하게 퍼져요."

그가 그녀에게 다가오며 말했다.

"무슨 상관이에요."

그녀는 언짢은 목소리로 대꾸했다. 스키니 옷을 좋아하지 않았던 그녀는 그의 몸에 붙는 바지가 불편했다. 그를 피해 뒤쪽 진열대로 갔다. 어항이 전시되어 있었다. 줄무늬 열대어 한 마리가 수면 위로 올라오며 입을 벙긋거렸다. 그녀는 열대어를 보며 민이 했던 말을 떠올렸다. "물고기도 후각 세포가 있어 냄새를 맡는대요. 어릴 때 살던 곳으로 회귀를 하는 것도 이것 때문이에요." 물속에서 향은 어떻게 퍼질까. 물결을 따라 흘러 다닐지도 모른다. 열대어의 지느러미에도, 줄무늬에도, 꼬리에서도 향이 묻어날 것이다. 언제 왔는지 그가 옆에 서 있었다.

"향기가 눈에 보인다면 저 열대어 무늬처럼 줄무

늬 모양이 아닐까요."

그녀는 피식 웃음이 났다. 눈에 보이는 향이라. 단어로 냄새를 말할 수는 있었다. 신 냄새, 비린 냄새, 달콤한 냄새, 구린 냄새. 그는 계속해서 방향제에 대해 말했다.

"운전할 때 머리를 맑게 해 줘요. 한번 써 봐요."

그녀는 녹차 향 방향제를 들었다. '후레쉬한 향이 당신의 방 안을 책임집니다'라는 광고 문구가 쓰여 있었다.

"후회 없을 거예요."

그녀는 그에게서 나는 향수 냄새를 맡았다. 마른 댓잎 향. 녹차 향 방향제를 장바구니에 넣었다.

그녀를 괴롭히는 만성 편두통은 운전할 때 더 심해졌다. 그녀는 녹차 향 방향제를 차에 두었다. 콘솔에 두었던 상비약을 먹지 않아도 되었다. 머리가 맑아지자 어깨에서 댓잎 향이 나던 그가 생각났다.

그와 만나고 반년이 지난 후 그녀는 댓잎 향과 비슷한 겐조 향수를 선물했다. 자신의 손목에 향을 뿌려 그의 목에 문질렀다. 두 사람의 체취가 하나로 섞였다. 그녀는 편두통이 시작되면 그의 냄새를 찾아 집 안을 돌아다녔다. 세탁기에 들어 있던 빨지 않은 그의 옷을 가져와서 가만히 안고 있었다. 그의 체취가 두통약보다 효과가 좋았다.

현관문이 열리는 소리가 들렸다. 그의 실루엣이 현관 중문에 비쳤다. 커피 찌꺼기로 만든 주머니 모양의 디퓨저를 들고 그를 맞이했다. 운동화를 벗어 놓은 모양새로 그의 기분을 알 수 있었다. 두 짝이 가지런하게 놓여 있으면 스트레스가 없는 날, 팔자 형태면 거래처에서 클레임이 들어온 날, 뒤집어진 날은 그에게 말을 붙이기도 어려웠다. 운동화는 뒤집혀 있었다. 그녀는 운동화를 모아 가지런히 놓고 속에 디퓨저를 넣었다. 구수한 커피 향이 그의 신발에서 났다.

집은 투룸으로 거실과 방이 분리되어 있었다. 그는 들어오자마자 킁킁거리며 냄새를 맡기 시작했다.

"또 방향제 뿌렸지!"

신경질적으로 그녀에게 소리를 질렀다. 그의 콧잔등에 겹겹이 주름이 잡혔다. 그녀는 그에게 다가서지 못하고 중문과 거실 사이에 서 있었다.

"그만 좀 해. 숨 막혀."

그가 베란다 문을 열어젖혔다. 시장 앞 도로에서 경음기 소리가 시끄럽게 울렸다. 그녀는 머리가 아프기 시작했고 그의 코에 잡힌 주름이 눈에 거슬렸다. 공기 청정용 스프레이를 들고 뿌리기 시작했다. 그의 얼굴이 붉으락푸르락해졌다. 스프레이 통은 얼마 지나지 않아 비었고 그녀는 그제야 멈췄다. 방향제 냄새가 무겁게 방 안을 떠돌아다녔다.

"다시는 베란다 문 열지 마. 알았어?"

그녀는 언짢은 목소리로 으름장을 놓았다. 그가 베란다 문을 닫았다.

그녀는 화를 진정시키기 위해 커피를 한 모금 마셨다. 콜롬비아산 특유의 부드러우면서 여운을 가진 향이 입안에 남았다. 커피콩을 볶아 하루나 이틀 숙성을 시킨 다음에 내리면 진한 향을 즐길 수 있다고 가르쳐 준 사람은 그였다. 퇴근길에 원두를 사다 줄 것을 그에게 부탁했다. 거실로 늘어서는 그의 손은 비어 있었다. 커피가 떨어져 간다는 것 외에는 별다른 일이 없는 하루였다.

"정말 없는 거야?"

그가 어리둥절한 표정으로 바라봤다. 그녀는 부

억으로 가 서랍장을 열었다.

 "다시는 잊지 않게 해 줄게."

 그녀는 커피 빈 찌꺼기를 담아 둔 통 속에 손을 넣고 가루를 가득 묻혔다. 그는 그 모습을 멀거니 보고 있었다. 그녀가 다가갔다. 커피 가루가 묻은 손으로 자신의 얼굴을 마사지하기 시작했다. 그가 주춤거리며 한 발 뒤로 물러났다. 앞섶을 풀어헤치고 목과 가슴도 문질렀다. 하얀색 블라우스가 검게 물들었다. 그녀의 가슴과 목, 얼굴에서 커피 향이 났다. 성에 차지 않았는지 그녀는 음부를 향해 손을 가져갔다. 그는 그녀의 팔을 잡았다. 그녀의 눈은 갓 구워져 기름이 번들거리는 빈처럼 빛나고 있었다. 그가 잡았던 팔을 놓았다. 그녀가 하는 대로, 끝나기를 기다렸다. 그날은 온종일 커피 향이 그녀의 몸에서 떠나지 않았다. 그 뒤로 커피 빈이 떨어지는 날은 없었다.

 시장 입구를 지나 한 정거장 정도 걸어가면 그녀가 일하고 있는 네일샵이 나왔다. 대로변과 마주하고 있어서 단골손님이 많았다. 닫힌 문 너머로 샵의 막내인 민이 청소를 하고 있었다. 물청소를 하다 만 듯 닦이지 않은 자리가 군데군데 눈에 띄었다.

"권 실장님, 좋은 아침이에요."

밝게 인사하는 민에게 고개만 끄덕였다. 문을 열어 두고 청소를 하라고 일렀다. 환기가 제대로 되지 않으면 눅눅한 냄새가 났다. 민의 얼굴에 웬 잔소리, 하는 표정이 스쳐 지나갔다. 그녀는 작업대로 다가섰다. 손님이 깔고 앉는 방석과 작업 테이블의 청결 상태를 확인했다. 손목 받침 쿠션에 폴리쉬가 묻어 있었다. 그녀는 여분의 쿠션을 가지러 창고로 가면서 민에게 방석을 털라고 말했다. 민이 입구 쪽으로 사라졌다.

"기분이 나빠. 아침부터 노처녀 히스테리도 아니고, 권 아줌마는 왜 나만 보면 잔소리래. 못마땅하면 자기가 하지, 왜 자꾸 시켜?"

전화하는 민의 목소리가 열린 창고 문틈으로 들어왔다.

"일할 때 옆에 앉으면 구토가 난다니까. 향수로 목욕을 하는지 냄새가 장난이 아니야."

민의 하소연에 상대방이 답을 하는 모양이었다.

민의 목소리가 잦아들었다.

창고에서 나왔을 때 민은 없었다. 그녀는 탈의실로 가 옷을 꺼내 냄새를 맡아 보았다. 디올의 화장품 냄새가 날 뿐이었다.

학창 시절 어머니는 난전에서 생선 장사를 했다. 손에서는 항상 비린내가 났다. 어머니가 주는 용돈에도 냄새가 묻어 있었다. 그녀는 학생회비를 낼 때는 슈퍼나, 문방구에서 물건을 사고 거스름돈을 바꿔서 학교로 가지고 갔다. 집 안에 배어 있는 생선 비린내를 들킬까 봐 친구들을 집으로 초대하지 않았다. 친구를 사귈 때도 먼저 냄새를 확인했다.

등교 시간이라 그녀는 서둘러 샤워를 마쳤다. 샤워 코오롱으로 몸을 마사지하고, 캐모마일 향이 나는 헤어 에센스를 머리에 발랐고, 국화 향이 나는 작은 주머니를 가방 안에 넣었다. 교복을 입기 위해 행거에 걸린 옷을 걷었다. 비린내가 풍겼다. 행거에는 교복과 나란히 생선 비늘이 붙어 있는 장갑이 걸려 있었다.

"이게 뭐야?"

그녀는 앙칼진 목소리로 어머니를 불렀다. 새벽

시장에 가지 않은 어머니는 늦잠을 자고 있었다. 잠이 덜 깬 어머니가 속옷 차림으로 나왔다.

"엄마, 내가 엄마 옷하고 같이 두지 말랬지. 교복에서 냄새나잖아! 나 학교 안 가."

그녀는 어머니를 몰아세웠다. 학교에 가지 않겠다고 떼를 쓰는 모습에 어머니는 당황했다.

"비린내 나는 손으로 어딜 만져? 저리 치워!"

그녀를 달래기 위해 내민 손을 뿌리쳤다. 그녀가 악에 받쳐 쏟아 낸 말에 어머니는 주춤거렸고, 얼굴을 붉히며 슬며시 등 뒤로 손을 감추었다. 그녀는 독감을 앓았을 때처럼 몸이 뜨거워졌으며 코가 막혔다. 어머니를 외면하고 행거에서 옷을 걸었다. 그녀는 교복을 빨아 입고, 점심시간이 넘어서 등교를 했다. 어머니조차도 난전에 진열되어 팔리길 기다리는 생선 같았다. 그 뒤로 어머니는 그녀에게 손을 내밀지 않았다.

탈의실 옷장에는 공기 청정제가 놓여 있었다. 그녀는 샵으로 나와 구석구석 뿌렸다. 유리문으로 들어오는 아침 햇살에 분사된 향의 입자들이 떠다녔다. 민이 그것들을 밀어내며 들어왔다. 빤짝이던 입자들은 이내 공기 중으로 흩어졌다.

민은 신입이었다. 오래된 집의 곰팡내처럼 역겨운 체취를 가지고 있었다. 그녀는 민을 가르칠 때마다 숨이 막혔다. 궁여지책으로 의자를 멀찍이 떨어뜨려 놓고 앉았다. 하루의 반나절을 할애했지만 기술은 빨리 늘지 않았다. 그녀는 일정표에 민을 가르치는 시간을 줄여야 한다고 써 놓았다. 민이 자신의 네일 도구들을 정리하고 있었다. 니퍼, 푸셔 핀셋, 팁커터, 버퍼, 파일. 손톱 정리하는 도구를 오른쪽에 놓았다. 필링젤, 큐티클리무버, 오일, 워터젤, 폴리쉬리무버, 영양제, 강화제, 트리트먼트 등 손톱을 직접 관리하는 용품들은 왼쪽에다 놓았다. 그녀는 민에게 왼쪽과 오른쪽에 놓인 네일 기본 용품들을 다시 배열하라고 말했다. 작업할 때 도구의 순서가 바뀌어 있으면 실수를 하게 된다. 민은 어깨를 으쓱이며 머뭇거렸다.

"제가 편하면 되잖아요."

민은 끝내 순서를 바로잡지 않았다.

예약 손님이 올 시간이었다. 그녀는 달력에 있는 예약 표를 확인했다. 오전에 두 건이 있었다. 네일

아트를 하는 데는 평균 30분 정도, 풀 옵션으로 하면 2시간가량이 걸린다. 풀 옵션 두 건만으로 오전 시간이 다 갈 것이다.

첫 손님은 모녀였다. 라면 면발 같은 파마머리를 한 아주머니의 뒤를 따라서 이십 대 후반의 아가씨가 들어왔다. 아주머니를 그녀가 담당하고 아가씨를 민이 맡았다. 엄마가 네일 하는 것이 처음이니 잘 부탁한다고 말했다. 남자처럼 손바닥은 두툼했고, 손가락 마디마디는 굳은살로 덮였고, 툭툭 불거진 손가락뼈는 밖으로 휘어져 있었다. 그녀는 순서를 머리에 떠올렸다. 보습력이 높은 크림을 손에 묻혀 아주머니의 검붉은 기가 배어 있는 손등을 마사지했지만 쉽게 부드러워지지 않았다. 아주머니는 얼굴에 수줍은 미소를 띠었다. 그녀의 손바닥이 촉촉해졌다.

"아가씨, 힘들지예. 하도 일을 많이 한 손이라서…… 이런 것 처음이라예. 지 손이 오늘 딸내미 때매 호강합니더."

사투리가 살짝 섞인 아주머니의 말투는 부드러웠다. 딸내미를 바라보는 얼굴이 상기되었다.

"아, 네. 좋으시겠네요."

아주머니의 말에 맞장구를 쳐 주며 그녀는 필링 젤로 손의 각질을 제거해 갔다.

"우리 딸내미가 시집을 갑니더. 가기 전에 엄마한 테 해 줄 거 다 해 준다고 자꾸 권해서 따라왔다 아 닙니꺼. 저거 보내고 나면 섭섭해서 어쩌누."

딸도 얼굴을 붉히며 미소를 지었다.

아주머니의 손은 한결 보드라워졌다. 딸은 고맙 다고 연신 인사를 건넸다. 멀어져 가는 모녀를 보며 어머니를 떠올렸다. 아주머니처럼 불거진 뼈마디를 가지고 있었다. 마지막으로 어머니를 본 것은 십 년 전 시장에서다.

난전 앞에는 동태 상자들이 쌓여 있었다. 그녀는 멀찍이 물러서서 봤다. 어머니는 얼어 있는 동태를 떼어 내기 위해 바닥에 내동댕이쳤다. 그녀는 난전 앞에서 코를 막고 어머니를 불렀다. 목소리를 듣지 못했는지 떨어져 나간 고기를 줍고 있었다. 어쩔 수 없이 안으로 들어갔다가 어머니에게 부딪치고 말 았다. 그녀는 뒤로 벌러덩 넘어졌고, 치마엔 물고기 비늘이 잔뜩 묻었다. 놀란 어머니는 그녀를 일으켜

172

세우기 위해 손을 내밀었다. 그녀는 뿌리쳤다. 물고기 비늘과 비린내로 범벅이 된 옷을 털며 시장을 빠져나왔다. 자신을 부르는 어머니의 목소리가 떨어지는 비늘처럼 바닥에 아무렇게나 나뒹굴었다. 대학을 다니며 자취를 했다. 그녀가 집으로 내려가는 일은 뜸해졌다. 취업하면서 바쁘다는 핑계로 더더욱 가지 않았다.

그녀는 고향집 전화번호를 눌렀다. 어머니의 목소리가 수화기 저편에서 들렸다. 그녀는 대답하지 않고 숨죽였다. 어머니가 전화를 끊었다. 그녀는 오랫동안 휴대폰의 잠금 패턴만 만지작거렸다. 다음 예약 손님이 올 시간이었다. 민이 손님에게 인사를 하고 있었다.

그녀는 오후 아홉 시에 퇴근했다. 집 안에는 그의 겐조 향 냄새가 진하게 배어 있었다. 그는 미용 재료를 파는 영업사원이었다. 그를 다시 본 것은 재고가 없는 폴리쉬를 주문하고 물건을 받을 때였다. 서로의 냄새에 익숙해졌고, 둘은 동거를 시작했다. 그녀는 샤워실로 갔다. 흐르는 물에 몸을 맡기며 폴리쉬 냄새를 천천히 지워 나갔다.

밤이 이슥해지는데 그가 돌아오지 않는다. 영업은 벌써 끝났을 텐데.

그녀는 소파에서 잠이 들었다. 흔드는 손길에 놀라 눈을 떴다.

"이게 뭐야?"

그가 언짢은 듯한 목소리로 말했다. 그녀는 잠결이라 말을 알아들을 수가 없었다. 눈을 비비며 그의 얼굴을 바라보았다. 그는 그녀의 팔을 움켜쥐고 억지로 일으켜 세웠다. 팔이 아파져 오는 것을 참으며 그가 가리키는 곳을 내려다보았다. 밀가루보다 입자가 굵은 가루들이 소파 위에 떨어져 있었다. 옆에는 그녀가 벗어 놓은 옷들이 널려 있다. 베란다에 둔다는 것을 잊어버린 것이다. 그가 팔을 거칠게 놓았다. 피부에는 눌린 자국이 선명하게 드러났다.

그녀는 시간이 날 때마다 피부 보습제를 발랐다. 그와 동거한 지 얼마 되지 않아 피부가 가렵기 시작하더니 탄력을 잃은 고무줄처럼 갈라졌다. 긁으면 빨갛게 부풀어 올랐다. 습도가 높은 장마철에도 진정 크림을 사용했다. 올봄부터 발뒤꿈치에 각질이 두껍게 앉더니 비늘처럼 얽어졌다. 그녀는 퇴근 후 바지를 벗고 나면 베란다로 가서 털었다.

그가 그녀의 옷을 베란다로 던졌다. 가로등이 소방도로를 부옇게 비췄다. 소방도로의 양옆으로 그어져 있는 흰색 실선들이 파도처럼 보였다. 망망대해에 온 것처럼. 바지를 털자 각질들이 허공을 부유하며 떠다니다가 바닥으로 떨어졌다. 언젠가 본 심해의 모습이 떠올랐다. 생명이 다한 플랑크톤이 떠돌다가 눈처럼 바닥으로 내리는 모습이었다. 잠수부가 손으로 잡으려 하자 형체도 없이 사그라졌다. 바다를 하나의 거대한 고기라고 생각한다면 플랑크톤은 비늘이었다. 그녀는 자신의 다리를 내려다봤다. 각질 때문에 만들어진 흰 실금들이 파도같이 굽이치고 있었다. 문질러도, 문질러도 길게 늘어선 파도는 없어지지 않았다. 몸에서 플랑크톤이 떨어져 내렸다. 그는 거실에서 교도관이 죄수를 관찰하듯이 그녀를 노려봤다. 그녀는 피부에 문제가 생겼다는 걸 알리기 싫었다. 공기는 청정제로, 방바닥은 락스로 소독하던 그녀였다. 공기 청정제를 자신을 향해서 뿌렸다. 그가 냄새가 난다며 베란다 창문을

닫고 잠가 버렸다. 거실에 불이 꺼졌다. 그녀는 밤
새 집 안으로 들어갈 수 없었다.

거의 일 년 만에 어머니에게서 전화가 왔다. 가끔
통화는 했지만 안부 정도만 물었다. 어머니는 오랫
동안 침묵하더니 입을 다시는 소리를 냈다. 그녀는
침을 삼키며 무슨 일로 전화를 했냐 꼬아 물었다.
휴대폰을 쥔 손에 힘이 들어갔다.

"저, 내가 병원에 가야 한단다."

목소리는 떨리고 있었다.

"어디가 아픈데?"

그녀는 다음 말을 기다렸다. 어머니는 보호자를
데려가야 한다고 했다. 아버지가 안 계셨으니 그녀
가 보호자였다. 날짜와 시간을 메모지에 적었다. 어
머니는 할 말이 더 있는지 전화를 쉬이 끊지 못했
다. 그녀는 휴대폰을 주머니에 찔러 넣었다.

어머니는 혼자서 그녀를 키웠다. 아버지는 그녀
가 어릴 적에 맛있는 거 사 올게, 라는 말을 남기고
다시는 집으로 돌아오지 않았다. 어머니는 아버지
의 옷들을 집 앞에 있던 고물상에 가져다주고 잔돈
몇 푼을 받아 왔고, 장롱 바닥에 떨어져 있던 옷 먼

지를 걸레로 닦았다. 그녀는 텅 빈 장롱과 어머니를 번갈아 봤다. 아버지 옷을 가져다 놓으라고 악을 썼다. 그녀는 아버지의 체취를 맡기 위해서 장롱을 뒤지기도 하고 찬장을 뒤지기도 하고 다락에 올라가기도 했지만 찾을 수가 없었다. 아버지가 사라져 버린 집 안에는 생선 비린내만 가득 찼다.

점심으로 생선구이가 나왔다. 그녀는 집을 나온 뒤로 생선을 먹지 않았다. 직장 동료들이 왜 먹지 않느냐고 물었다. 비린내가 싫어서라고 얼버무렸다. 네일샵의 식구들이 전어가 살이 많이 올랐다며 연신 젓가락을 들이댔다. 그녀는 그들의 입가에 번지는 미소를 보고 생선 살을 한 점 떴다. 비릿한 냄새가 입안을 가득 채웠다. 물과 함께 겨우 삼켰다. 비린내가 가시자 구수한 맛이 혀를 감쌌다. 생선을 먹는 그녀를 보고 네일샵의 식구들이 어리둥절한 표정을 지었다. 민이 놀란 목소리로 말했다.

"실장님, 원래 생선 먹지 않잖아요?"

샵 식구들 전부가 고개를 주억거렸다.

"그냥, 한번 도전해 보고 싶어서."

그녀는 쥐었던 젓가락을 탁자에 놓았다.

"실장님, 한번 시작했으니 계속 드세요. 생선이 피부에 얼마나 좋은데요."

민이 더 먹으라고 그녀에게 권했다. 그녀는 다음에 다시 도전하겠다고 말하며 고개를 저었다. 자신이 왜 생선을 먹었는지 알 수가 없었다. 그녀는 주머니 안에 들어 있는 휴대폰을 만지작거렸다.

약속 장소에 도착했을 때 어머니는 보이지 않았다. 굽은 허리에 허름한 몸뻬바지를 입은 아주머니가 서 있었다. 그녀는 주변을 두리번거렸다. 생선을 팔며 억척을 떨던 어머니는 어디에도 없었다. 바람을 타고 낯익은 냄새가 났다. 그녀는 조심스럽게 아주머니에게 다가갔고, 옷에서 나는 생선 비린내로 알아보았다. 담당 의사는 척추협착증 때문에 수술해야 한다는 소견을 내놓았다. 어머니는 수줍은 소녀처럼 다소곳이 앉아 있었다. 초등학생 정도로 몸피가 작았다. 몸뻬바지 위에 놓인 손은 잘 익은 가지처럼 보라색을 띠었다. 어제 손님으로 왔던 파마머리 아주머니가 떠올랐다. 손의 각질을 벗겨 내기 위해 보습제를 바르고 삼십 분 남짓 마사지를 했었다. 거친 손에 혈색이 돌기 시작하자 딸이 그녀에게 고맙다고 고개를 주억거렸다. 그녀는 어머니의 손에서 눈을 뗄 수가 없었다.

담당 의사가 부르는 소리에 정신이 들었다. 의사는 연세가 있어서 수술해도 젊은 사람들처럼 예후가 좋게 나오지 않을 거라고 했다. 어머니는 그녀를 흘깃 쳐다보더니 머뭇거렸다. 그녀는 의사와 말하느라 모른 척했다. 수술이라는 말에 어머니는 겁을 먹은 듯 표정이 굳어졌다. 그녀가 수도권에 있는 대학을 갈 거라고 선언했을 때에도 본 표정이었다. 수술 잘 부탁한다는 인사를 하고 밖으로 나왔다. 그녀는 어머니에게 입원하는 날 보자고 말하며 앞서 걸었다.

"바쁘나. 야야, 좀 있다가 가면 안 되겠나?"

어머니가 그녀를 잡았다. 파르스름한 색을 띤, 동상에 걸린 손이 눈에 띄었다. 그녀가 집을 나가기 전보다 더 진해져 있었다. 그녀는 뿌리치지 않았다. 어머니의 눈빛에는 가지 말고 있었으면 좋겠다는 간절함이 묻어났다. 유행이 지난 손가방이 눈에 들어왔다. 그녀가 오래전 생일 선물이라며 준 것이다.

모래가 든 것처럼 눈 안이 까슬까슬거렸다. 어머니와 함께 집으로 향했다.

집은 그녀가 떠났을 때 모습 그대로였다. 여전히 생선 비린내가 방 안을 떠돌았다. 어머니는 성치 않은 몸으로 서둘러서 점심을 차렸다. 그녀가 좋아하는 잡채가 밥상 위에 올라왔다. 미리 음식을 준비해 둔 모양이었다. 허리가 좋지 못한 어머니는 상을 들지 못하고 끌고 들어왔다. 그릇들이 덜거덕거렸다. 그녀는 어머니를 향해 일어서려다 멈췄고 망설이는 사이 자세는 엉거주춤해졌다. 어머니는 자리에 앉으라는 시늉을 하고 자신은 멀찍이 물러나 앉았다. 밥상을 앞으로 당겨 놓고 수저를 들었다. 어머니에게 같이 먹자는 말이 목까지 차올랐지만 어떻게 말해야 할지 방법이 떠오르지 않았다. 젓가락이 반찬 사이를 더디게 옮겨 다녔다. 그녀는 고개를 들어 어머니를 쳐다보았다. 어머니의 앉은 자세가 불편해 보여 그녀는 찬찬히 훑어보았다. 한쪽 엉덩이 사이로 손이 보였다. 어머니는 손을 깔고 앉아 있었다. 피가 안 통해 손이 저릴 텐데도 어머니는 빼지 않고 그 자세를 유지했다. 그녀가 과거에 했던 말을 아직도 어머니가 기억하고 있다는 것에 적잖이 놀랐다. 손을 감추는 어머니의 모습이 그녀의 가슴 한가운 데에 구멍을 뚫고 지나갔다. 아무리 메우려 해도 메 워질 수 없는, 깊이를 알 수 없는 구멍이었다. 그녀 는 퉁명스럽게 어머니에게 말을 건넸다.

"왜 그렇게 앉아 있어, 불편하게?"

"내사 편하대이. 이렇게 있으면 허리가 아프지 않 데이."

어머니는 아무렇지도 않다는 듯이 그녀에게 말했 다. 가시가 된 밥이 목에 걸려 넘어가지 않았다. 그 녀는 서둘러 일어섰다.

"갈라고? 조금만 더 있다 가면 안 되나."

어머니는 일어서는 그녀를 간절함이 묻어나는 목 소리로 잡았다. 그녀는 문을 열어젖히고 나왔다. 뒤 따라 나오는 어머니의 모습에서 파르스름한 손이 보였다. 깊은 주름과 튼 상처 자국이 뚜렷이 남아 있었다. 병원에서 보자는 말을 남기고 황급히 어머 니에게서 멀어졌다.

그가 집에 있었다. 그녀는 퇴근 시간보다 일찍 들

어왔다. 현관으로 들어서는 그녀를 곁눈질로 쳐다 보았다. 코트를 벗어 신발장 위에 걸쳐 두고 부츠를 벗기 위해 바닥에 걸터앉았다.

"일찍 왔네."

그에게서 겐조 향이 났고 머리가 욱신거렸다. 그녀는 부츠를 벗던 손을 멈추었다. 그의 운동화 속에 넣어 두었던 커피 향 디퓨져가 바닥에 떨어져 있었다. 뭐라고 대답을 하고 싶은데 말이 나오지 않았다.

코트를 베란다 행거에 걸었다. 어머니의 냄새가 코트에서 진하게 풍겼다. 방으로 들어오다가 그의 발이 눈에 들어왔다. 양말 바깥쪽에 붙어 있는 브랜드 마크가 발목 안쪽으로 돌아가 있었다. 마주 보고 있는 브랜드 마크. 그러나 양말의 색은 미묘하게 달랐다. 하나는 진한 회색이고 다른 하나는 옅은 회색이었다. 그와 얼굴을 맞대고 대화를 나눈 지 수 주가 흘렀다. 브랜드가 같지만 짝이 맞지 않는 양말을 신은 그. 두통 때문에 공기 청정 스프레이를 뿌려 환기하려 했다.

"뿌리지 마."

그가 그녀에게서 스프레이를 뺏었다. 그녀는 두 통약을 찾았다. 물과 함께 두 알을 삼키고 샤워실로 갔다. 그의 앞을 스쳐 지나가는데 목소리가 들렸다.

"웬 시궁창 냄새야. 대체 어디를 갔다 왔어?" 그의 말에서 짜증이 배어 나왔다. "칠칠치 못하게 왜 그래?"

그가 그녀를 위아래로 훑어보았다. 세탁기에 옷을 넣고 샤워기 물을 틀었다. 그녀의 마음속에서 무언가가 뛰쳐나가려고 발버둥을 치고 있었다. 물줄기에 얼굴을 갖다 댔다. 물이 그녀의 얼굴을 부드럽게 어루만졌다. 샤워를 끝내고 나왔을 때 그는 나가고 없었다.

민이 뛰어 들어오면서 대단한 구경거리가 있다고 들뜬 목소리로 소리쳤다. 시장 앞 사거리에서 활어차가 넘어져 도로가 전부 물고기 떼로 뒤덮였다는 것이다. 바닥에서 팔딱이고 있는 물고기 떼가 볼만하다고 가 보라고 부산을 떨었다. 시장 앞 사거리는 샵에서 가까웠다. 식구들과 함께 나가 보았다. 민의 말대로 활어차는 넘어져 내부를 훤히 드러냈다. 차

물고기 비늘　　　　　　　　　　　　　　　　183

들이 울려 대는 경음기 소리가 차도 양방향에서 들려왔다. 경음기 소리에 맞추어 물고기들이 펄떡였다. 정오의 햇빛은 강렬했다. 가을 햇빛이 없으면 곡식은 익지 않는다고 하던 손님의 말이 생각났다. 물고기들은 은색 비늘로 덮여 있었다. 가을이 제철인 전어 같았다. 물고기들은 춤을 추었고 아스팔트 바닥은 그들의 무대였다. 은색 비늘은 보석처럼 반짝였다. 그녀는 문득 만져 보고 싶다는 생각이 들었다. 그러면 찬란한 은빛이 자신의 손에도 묻어날 것 같았다. 활어차 때문에 교통은 완전히 마비되었다. 오도 가도 못하는 차들은 전어 떼가 추는 군무를 구경할 뿐이었다. 그녀는 군무 속으로 성큼성큼 걸어 들어갔다. 그리고 가장 힘차게 뛰어오르는 전어를 낚아챘다. 꼬리를 힘차게 흔드는 전어의 움직임이 손안에서 느껴졌다. 그녀의 옆에서는 활어차의 주인인 듯한 남자가 바구니에 전어를 정신없이 주워 담고 있었다. 그녀는 남자가 허리를 숙이는 것을 보고 자신이 도로 한가운데에 서 있다는 사실을 알았다. 남자가 전어 상자를 활어차 쪽으로 옮겼다. 그녀도 황급히 인도에 올라섰다.

샵에 도착했을 때, 보석처럼 빛나는 은빛 비늘을 가진 전어 한 마리가 그녀의 손에 들려 있었다. 그녀는 전어를 어떻게 해야 할지 몰라 망설였다. 자신이 생선을 쥐고 있다는 것이 믿어지지 않았다. 샵의 식구들이 그녀의 행동에 대해 한마디씩 거들었다.

"실장님, 왜 그랬대요? 사고 나면 어쩌려고요?"

민이 빙그레 웃으며 말했다.

"으응? 나도 몰라, 전어가 너무 예뻐서 정신을 빼앗긴 것 같아."

그녀는 전어를 내려다봤다. 전어는 두 갈래로 나뉜 꼬리를 내떨었다. 헤엄쳐 바다로 돌아갈 듯이. 그녀는 전어를 놓치고 싶지 않아 바투 움켜쥐었다. 오후의 햇살이 물결처럼 일렁이고 있었다.

교통사고 현장을 구경하려고 많은 사람이 지나다녔다. 붐비는 밖과는 달리 샵 내부는 썰렁했다. 샵 식구들은 자신의 장비를 정리하고 도구를 청소하며 예약 손님을 기다렸다. 민이 그녀를 불렀다.

"실장님, 저 오후에 쉬어도 되나요? 집에 일이 생겨 가 봐야 하는데요."

그녀는 민의 갑작스러운 휴무를 허락하고 싶지

물고기 비늘   185

않았다. 하지만 다급하다는 표정을 짓는 민의 모습을 보고 거절할 수 없었다.

민이 머문 자리에서 익숙한 향기가 감돌았다. 민에게서 나던 곰팡내가 사라진 게 언제였지, 그녀는 고개를 갸웃거렸다. 민이 들어간 탈의실의 문을 바라보는데 손님이 들어와서 인사를 건넸다.

시간은 빨리 흘러갔다. 그녀는 활어차가 넘어진 곳이 어떻게 수습되었는지 궁금했다. 도로에는 차들이 무심히 지나다녔다. 활어차가 넘어진 곳이 어디쯤인지 그녀는 가늠해 보았다. 하지만 사위가 어두웠고 가로등이 어스름한 빛을 발하고 있어서 찾을 수가 없었다. 그녀는 바닥을 살폈다. 가로등 빛에 무언가가 반짝였다. 낮에 보았던 전어의 비늘이었다. 그녀는 비늘을 살며시 손에 넣고 주먹을 쥐어 보았다. 차가운 감촉이 느껴질 것 같았지만 부드러웠다.

집 근처 골목으로 들어서는데 익숙한 냄새가 났다. 그가 좋아하는 겐조 향수였다. 주차장 어둑한 곳에 두 사람이 서 있는 것이 보였다. 소곤거리는 목소리가 들려왔다.

"우리 집에 언제 올 거야? 나 기다리기 싫어! 자기를 하루도 못 보면 잠이 오지 않는단 말야."

여자의 앙탈 부리는 듯한 콧소리가 그녀의 귀를 자극했다.

"조금만 참아. 우리 예쁜이 소원 다 들어줄게."

두 그림자는 가만히 겹쳐졌다.

순간 그녀는 털썩 주저앉을 뻔했다. 민에게서 풍기는 익숙한 향은 그의 향수 냄새였다. 그녀는 정신을 수습하기 위해 뒤로 물러섰다. 언제부터 편두통이 생겼을까. 그와 막 동거를 시작했을 때는 없었는데. 그녀는 그의 밤 외출이 잦아지면서라는 걸 깨달았다.

그녀는 집으로 올라가 창문을 열어젖혔다. 선선한 가을바람이 집 안으로 들어왔다. 초저녁의 시원한 공기를 들이마시며 공기청정기를 껐다. 그녀는 두통이 가시는 걸 느꼈다. 그리고 샵의 냉장고에서 가져온 전어를 들고 부엌으로 갔다. 개수대에 넣고 비늘을 벗겨 냈다. 벽장으로, 부엌 바닥으로, 그녀의 몸으로 비늘이 튀었다. 그녀는 생선을 굽기 시작했다. 그와 살기 시작하면서 한 번도 구울 생각을 해 보지 못했다. 구수한 냄새가 방 안을 떠돌았다. 잘 구워진 생선을 들고 안방, 거실, 베란다로 돌아다녔다. 그의 겐조 향, 냄새는 서서히 사라졌다.

그녀는 네일 도구들을 챙겼다. 청어의 비늘로 만들어진 반짝이를 섞은 폴리쉬를 가방에 넣고 집을 나섰다. 그녀는 어머니의 수술이 끝나면 손톱을 정리해 주리라 마음먹었다. 가장 화려한 모습으로 어머니의 손을 변신시켜 줄 것이다. 그녀의 몸에서 구수한 생선 냄새가 풍기고 있었다.

나만의 장례식

"삼가 고인의 명복을 빕니다."

나는 살짝 고개를 숙였다. 검은 정장을 입은 두 사람이 인사를 받았다. 어제 문의 전화를 했던 고객이었다. 접대용 사무실로 그들을 안내했다. 구두 굽 소리로 그들의 슬픔을 깨고 싶지는 않아 나는 조심해서 발걸음을 옮겼다.

밤나무 색 테이블 위에는 고려 사리를 만드는 안내서가 놓여 있었다. 나는 그들이 의자에 앉을 때까지 기다렸다가 맞은편에 앉았다. 그리고 안내서를 그들 앞으로 밀며 먼저 보도록 권했다. 따뜻한 커피와 티백 녹차를 앞에 내어놓았다. 음료가 식을 때쯤 그들은 나에게 질문을 한둘 던졌다. 대부분 사리를 만드는 과정에 대한 것이었다. 골분이 들어가는 용광로를 보고 싶다는 사람도 있었다. 나는 원한다면 견학을 할 수도 있다고 말해 주었다. 아버지로 보이는 남자가 식은 커피를 한 모금 마시면서 나를 바라봤다.

그들의 엄숙한 표정이 풀어지고 말랑해지면 나는 상담이 성공하리라는 걸 알고 있었다. 이제 계약서를 쓰는 일만 남았다. 나는 그들 앞으로 몸을 바짝 숙였다.

"사리 제조를 부탁하면 언제 받을 수 있나요?"

여자의 말에 나는 당황해서 자세를 고쳐 앉았다. 고객 대부분은 사리의 생성과정을 한 번 더 설명해 달라고 했다. 사리를 언제 받을 수 있냐는 질문에 왠지 급하다는 느낌을 받았다. 나는 계약서를 그들에게 건네주었다.

"밀려 있는 예약이 있어서 이 주일은 기다리셔야 합니다."

여자의 이마에 주름이 만들어졌다가 사라졌다. 남자가 여자의 어깨를 감싸 안았다.

"최대한 빨리 해 주실 수 없겠습니까?"

남자의 말에 나는 침묵을 지키며, 시간을 벌었다. 아무리 생각해 봐도 밀어 넣을 틈이 없었다. 나는 남자에게 먼저 계약서를 작성해 달라고 했다. 그들의 주소는 경주였다. 남자가 쓴 계약서를 훑어보는데 사무실 문이 열리면서 원수가 들어왔다.

"부탁드리겠습니다."

남자는 내 손을 잡으면서 한 번 더 말에 힘을 줬다. 원수가 내 옆에 앉으면서 왜 그러냐고 물었다. 이번 주 내로 사리를 받고 싶어 한다고 말했다.

"예약이 차 있어서 곤란한데."

원수가 중얼거렸다. 테이블 건너에서도 들리게끔. 여자의 눈에 물기가 스몄다. 고인의 가족들이 흘리는 눈물이 나는 싫었다. 한 방울의 눈물이 흐느낌으로 바뀔 때면 음정이 맞지 않는 노래를 듣는 것처럼 곤혹스러웠다. 나는 계약을 빨리 끝내야 한다는 걸 알았다. 여자가 우는 모습을 보고 싶지 않았기 때문이었다.

"최대한 빨리 해 드릴게요."

그들을 위로하듯이 말하면서 계약서를 내밀었다. 원수가 내 계약서를 낚아채 갔다.

"비용을 조금 더 내시면 이번 주 안에 가능합니다."

여자의 눈물 한 방울이 뺨 굴곡을 따라 흐르다가 멈췄다. 둥글게 맺힌 눈물이 떨어질 듯 말 듯 흔들렸다.

"얼마를 더 내야 할까요?"

"오십 퍼센트 더 내면 됩니다. 현금으로요."

여자가 남편을 물끄러미 바라봤다. 남자가 여자의 손등을 토닥였다.

"내일 골분을 가지고 오겠습니다."

원수는 계약서의 계약금 칸을 비워 두었다. 남자가 원수에게 오십만 원을 내밀었다. 주머니에 찔러 넣으면서 원수는 사람 좋은 웃음을 지었다. 남자의 표정이 부드러워졌다. 여자의 뺨에 맺혀 있던 눈물이 바닥으로 떨어졌다. 나는 사무실을 나서는 그들을 배웅했다. 계약서를 든 원수가 나를 바라보며 입꼬리를 일그러뜨렸다.

원수는 가끔 고객들에게 추가 비용을 받았다. 엄숙을 가장하고 있던 그의 얼굴에 돈을 받는 순간 웃음기가 어리던 것을 나는 기억한다. 엽기적이라고까지 말할 수 있는 그의 표정에서 나는 죽음의 다른 모습을 보았다. 슬픔과 아쉬움, 그리움으로 기억되어야 할 죽음이 몇만 원의 돈으로 바뀌어 누군가의 욕심을 채우는 도구가 되는 것을. 그럴 때마다 나는 온몸이 가려웠다. 팔과 어깨와 목을 긁었지만, 손톱 자국을 따라 붉은 선만 생겨날 뿐 가려움은 가시지 않았다.

"왜 그렇게 긁고 있어요. 더럽게?"

나는 원수의 히죽거리는 얼굴을 바라봤다. 얼마나 긁어 댔을까. 까만색 스타킹에 올이 나가 있었다. 갈아입을 여분의 스타킹이 없었다. 원수가 계약서를 내게 내밀면서 골분을 잘 받아 두라고 했다. 계약 담당자 칸에는 내 서명이 있었다. 사리를 만들어서 고객에게 건네는 것까지가 담당자의 책임이었다. 나는 계약서를 받았다. 올라갔던 원수의 입꼬리가 내려왔다.

"오늘 나하고 야간 당직 바꾸지 않을래요?"

오전 회의 때 들은 소장의 말이 떠올랐다. 야간작업할 때 당직 순서를 바꾸지 말라고 했다. 소장의 눈 밖에 나지 않으려면 겉시늉이라도 해야 한다. 원수에게 뭐라고 둘러대야 할지 몰라 머뭇거렸다.

나의 대답을 꼭 듣고야 말겠다는 듯이 원수는 가까이 다가왔다. 나보다 머리 두 개는 더 큰 그의 얼굴을 올려다보았다. 눈이 따가울 정도로 부릅뜨면서. 원수는 웃음기가 사라진 얼굴로 다시 한번 부탁한다고 했다. 한겨울 바람처럼 차가운 목소리였다. 나는 뒤로 물러섰다. 원수는 나를 아래위로 한 번 훑더니 소장과의 친분을 내세웠다. 나는 고개를 주억거렸다.

계약서를 책상 위에 두고 나는 화장실로 갔다. 올이 나간 스타킹을 벗고 맨다리를 확인했다. 붉은 멍 자국이 두드러졌다. 그 아이의 것처럼.

"혈관을 찾을 수 없는데 어떡하지?"

아이를 보며 간호사가 말했다. 입원 한 달 동안 아이의 혈관은 주삿바늘만 보면 숨어 버렸다. 간호사들은 술래가 되어 아이의 혈관을 찾았다. 술래들은 집요하게 아이의 팔과 손을 바늘로 찔러 댔다. 그럴 때마다 빨강과 보라와 푸른 멍이 돋아났다. 나는 술래에게 멈추라고 말할 수 없었다. 바늘과 연결된 튜브들이 아이의 생명줄이라는 걸 알고 있었기 때문이다.

"김 선생, 발등도 찾아봤어?"

수간호사의 말에 김 간호사가 고개를 저었다. 아이는 가는 숨을 간신히 내뱉었다.

"코드 블루입니다. 빨리 소아청소년과 박 선생님 호출하세요."

수간호사가 소리를 쳤다. 간호사들이 서둘러 아이를 인큐베이터에서 꺼내 침대로 옮겼다. 아이의 활짝 펴진 손바닥이 보였다. 나는 아이를 보러 올 때마다 아이의 주먹을 가만히 쥐었다 놓았다. 그 손 안에 아이의 숨결이, 생명의 의지가 있는 것만 같았다. 주먹을 볼 때마다 안심이 되었다. 내가 만지작거렸던 앙증맞은 주먹이 사라져 버렸다. 펼쳐진 손바닥에는 파란 멍 말고는 아무것도 없었다.

나는 손으로 다리를 쓸어내렸다. 붉은 멍이 사라질 리가 없다는 걸 알고 있었지만 지워 버리고 싶었다. 파우치에 든 파운데이션이 떠올랐다. 멍 위에 파운데이션을 덧발랐다. 사라지진 않았지만, 옅어졌다. 아이의 멍도 이렇게 없앨 수 있었다면 좋았을 텐데.

사무실 문틈으로 들어온 차가운 바람이 다리를 스칠 때마다 소름이 돋았다. 나는 사무실 문을 다시 여닫았다. 모니터에는 작성하다 만 보고서가 있었다. 내일 아침까지 인터넷에서 팔고 있는 행운의 돌에 대한 보고서를 만들어야 했다. 육 개월 전 회사 게시판에 행운의 돌에 대한 소문과 함께 사진이 올라왔다. 사진을 처음 봤을 때 사리와 비슷하다고 느꼈다. 바닷가에 굴러다니는 돌 중에 형태와 모양이 비슷한 것이 있을 수도 있었다. 돌멩이에 행운을 붙여서 팔다니. 파는 사람도 사는 사람도 특이하다고 생각했다. 지금은 일주일에 한두 건씩 행운의 돌에 대한 사진과 글이 게시판에 올라왔다. 사진을 본 소장은 행운의 돌에 대해 알아보라고 나에게 시켰다. 계속 두었다간 문제가 생길 것 같다고 염려하는 눈치다.

행운의 돌에 관해 쓴 글을 하나둘 읽어 가면서 돌멩이 모양이 점점 사리처럼 보였다. 청자의 푸른빛을 가진 돌 사진에서 나는 확신했다. 자연에서는 나올 수 없는 색깔이었다. 그렇다고 공장에서 가공되어 나온 것처럼 보이지도 않았다. 나는 '아우름'이라는 닉네임을 가진 고객의 연락처를 메모하고 게시판을 닫았다.

나는 '아우름'이라는 고객에게 전화를 걸었다. 행운의 돌을 판다는 웹사이트를 어떻게 하면 찾을 수 있는지 물었다. 고객은 검색엔진에 행운의 돌이라고 치면 나온다고 설명해 줬다. 앱의 이름은 행운이었다. 행운의 돌을 원한다면 자신에게 메일을 보내라는 짤막한 글이 떴다. 나는 회사 메일이 아닌 개인 메일로 행운의 돌을 사고 싶다고, 꼭 사야 한다고 보냈다. 수신 확인을 하니 아직 읽지 않음이다. 얼마나 기다려야 답장을 받을 수 있을까. 지금은 기다리는 수밖에 없었다. 보고서에는 행운의 돌 판매자를 찾기 위해 연락을 취하는 중이라고 썼다. 사리와 비슷해 보인다고 덧붙였다.

왜 사리가 행운의 돌로 둔갑했는지 이해가 되지 않았다. 사리는 단지 죽은 자가 마지막으로 남긴 흔적일 뿐이었다. 그들이 흘린 마지막 눈물일 수도 있었다. 행운의 돌이라는 하찮은 이름으로 팔린다고 생각하니 목으로 넘어가던 침이 걸려 사레가 들었다. 숨 쉬기가 힘들어 한참을 꺽꺽댔다.

보고서 작성을 끝내고 작업 서류를 확인했다. 세 건이 남아 있었다. 내일 오전 중에 가족에게 건네야 할 거였다. 작업실로 갔다.

의사들이 입는 흰 가운처럼 생긴 작업복으로 갈아입었다. 라텍스 장갑을 끼고 골분을 흰 종이 위에 부었다. 임플란트라든지, 인공관절 등을 찾아내기 위해서였다. 골분과 이물질이 같이 용해되면 사리가 잘 만들어지지 않았다. 만들어진 사리도 색이 밝게 나오지 않아 고객에게 계약 위반이라는 항의를 들어야 했다. 나는 골분을 넓게 펴면서 손으로 하나하나 더듬었다. 화장하면서 녹거나 부러진 임플란트 나사를 찾는 게 가장 어려웠다. 다행히 아무것도 없었다. 골분을 분쇄기에 넣고 스위치를 켰다. 밀가루처럼 곱게 갈아야 한다. 분말이 먼지처럼 가늘수록 전기 화로에서 잘 용해되었다.

나는 가려낸 골분을 전기 화로에 넣었다. 이천 도의 온도에서 한 시간 내지 두 시간 정도가 지나면 사리가 완성된다. 마지막 골분을 막 화로에 넣었을 때 문을 두드리는 소리가 들렸다. 경비 아저씨였다.

"아직 작업 끝나려면 멀었어요?"

"예, 이제 마지막 사리만 나오면 돼요. 왜 그러시는데요?"

"눈이 또 내리기 시작하네요. 앞이 안 보일 정도로 함박눈이에요. 쌓이기 전에 가시라고요."

나는 고맙다는 인사를 건넸다. 경비 아저씨는 눈이 지긋지긋하다는 말을 남기고 떠나갔다. 타이머를 확인했다. 아직 삼십 분은 더 기다려야 한다. 먼저 나온 사리를 식히는데 양이 적었다. 계약서를 들여다보았다. 이름만 있을 뿐 나이도, 사진도 없다. 종이컵으로 두 컵 정도가 나오면 어린아이의 사리였다. 초록빛 바닷물이라는 동요처럼 밝은 초록색을 띠고 있었다. 나는 장갑을 벗고 사리를 살며시 잡았다. 체온처럼 따뜻해서 내려놓기 싫었다. 손바닥에 놓고 가만히 주먹을 쥐었다. 잃어버리고 싶지 않은, 아니 잃을 수 없는 따스함을 떠올리게 했다. 나는 바닥에 떨어뜨리지 않게 조심조심했다.

하루를 꼬박 산통에 시달렸다. 의사는 아이의 머리가 커서 산도를 따라 내려오지 못한다고 했다. 밑을 찢고 나서 겨우 아이는 세상으로 나왔다. 아이를 한쪽 팔에 앉고 가만히 심장 소리를 들었다.

쉴 새 없이 뛰는 아이의 심장이 살아 있다는, 잘 살 수 있나는 기대처럼 느껴져서 좋았다. 포기하지 않기를 잘했어. 나도 모르게 중얼거렸다. 간호사가 들어왔다.

"보호자 분은 아직 안 오셨어요?"

"제가 보호잡니다. 저한테 말하면 돼요."

"병원비 정산 때문에요."

"언제까지 해 드리면 되나요?"

내일까지 중간 정산을 해 달라고 말하며 간호사는 병실을 나갔다. 옆에 누워 있던 산모들의 시선이 나에게 쏠렸다. 아이의 보호자는 나였지만, 나의 보호자는 없었다. 편안하게 잠들어 있는 아이의 얼굴을 가만히 쓸어내렸다. 수술 동의서에 사인할 때도 보호자 칸은 비어 있었다. 수술 중 사고가 생길 때 긴급으로 연락할 곳에 뭐라고 써야 할지 몰라 망설였다. 나는 그곳에 내 전화번호를 썼다. 보호자가 있었다면 하지 않아도 될 거였다. 나는 무거워진 배만큼 무거운 마음으로 다시 한번 주의사항을 읽었다. 내가 잘못되면 아이는 어떻게 되나요 하고 물으려다가 말았다. 간호사에게 서류를 넘겼다. 산

통은 길었지만 아이는 무사히 태어났고 나는 살아남았다.

손안에 느껴졌던 따뜻함은 어느새 식어 버렸다. 차갑게 빛나는 사리만 놓여 있었다. 나는 식은 사리를 임시 사리함에 넣었다.

어깨에 쌓인 눈을 털면서 집 안으로 들어왔다. 수면등이 켜진 방 안은 어둡지 않았다. 컴컴한 방에 내 아이를 두고 싶지 않아서 온종일 수면등을 켜 놓았다. 불을 켜자 방 안이 순간 환하게 밝아졌다. 눈앞이 흐릿해졌다가 선명해진다. 거실에 걸린 아이의 사진이 눈에 들어온다. 액자 밑에는 첫돌 기념이라고 적혀 있다. 아이의 불그스름한 볼과 웃는 듯한 얼굴이 생기 있어 보인다. 나는 사진으로 다가가 볼을 손가락으로 톡 친다. 액자가 흔들리며 비뚤어진다. 나는 서둘러서 액자를 바로잡는다. 그제야 아이가 까르르 웃는 것처럼 보인다.

액자 밑 선반에는 흰색 도자기가 놓여 있었다. 나는 서랍에서 부드러운 천을 꺼내 닦았다. 먼지 한 톨 없도록 깨끗하게.

어깨가 뭉쳐 뻐근해도 나는 아이를 품에서 놓지 못했다. 몽실몽실한 모습에 반했다고 할까. 점점 무거워지는 아이의 무게가 신기했고, 하품할 때 벌리는 입속이 궁금했고, 울다 웃는 모습이 귀여웠고, 잠이 올 때 품속으로 파고드는 따스함이 좋았다. 이런 기쁨은 얼마 가지 못했다.

한 달을 앓던 아이는 내 품에서 떠났다. 화장하고 아이의 유골을 받았다. 어깨가 뻐근할 정도로 무거웠던 아이가 내 손바닥 위에 올려놓을 수 있을 정도로 가벼워져 버렸다. 나는 가벼울 대로 가벼워진 아이를 안고 집으로 돌아왔다. 아이의 배냇저고리로 유골함을 감싸 품에 안고 잠을 잤다. 나에게 하루라는 시간은 무의했다. 계속 잠을 잘 수 있게 길고 긴 밤이 끝나지 않기를 바랐다. 현관문을 두드리는 소리에 긴 잠에서 깨어났다. 밀린 관리비를 내 달라는 말을 들었다. 침대로 돌아와 유골함을 내려다봤다. 아이의 얼굴이 떠오르지 않아 당황스러웠다. 기억하려 애를 쓸수록 눈과 코, 입, 눈썹, 이마, 머리카락 하나하나는 생각이 났다. 하지만 모든 걸 조합한 아이의 얼굴은 아무리 기억을 더듬어도 되살아나지 않았다.

나는 그와 나의 사진을 들고 사진관으로 찾아갔다.

"업로드 한 걸 쓰실 거예요. 아님 USB를 가지고 오셨어요."

접수대 안의 뿔테 안경을 쓴 남자가 아무 설명도 없이 물어 왔다.

"이미지 합성도 되죠?"

나는 사진을 접수대 위에 놓았다. 남자는 호기심이 가득한 눈으로 나를 바라봤다.

"어떻게 만들어 드릴까요?"

"두 사진을 합성해 아이 모습으로 만들어 주세요."

남자의 표정에는 황당하다는 듯 약간의 웃음기가 어렸다. 긴 철제 의자에서 앉아 사진이 나오기를 기다리는 몇몇이 나와 남자의 대화를 구경하듯 바라봤다. 나는 남자의 반응을 무시했다.

"몇 살로 해 드릴까요?"

몇 살이라니, 내 아이는 한 달을 살다 갔다. 아이의 하루, 하루는 힘든 나날이었다. 엄마가 면회 시간에만 곁에 있어서 정신적으로 힘들었고, 많은 주사를 맞아야 해서 육체적으로도 힘들었다. 아픈 아이에게 아무것도 해 줄 수 없다는 사실이 떠오를 때마다 나는 탑돌이 하듯이 병원 복도를 빙빙 돌았다. 건강하게 낳아 주지 못해서 미안했고, 주사를 대신 맞아 주지 못해 더 미안했고, 긴 수명을 주지 못해 더욱더 미안했다. 태어나 첫울음을 울던 날은 아이가 가장 건강했던 때였다. 그날을 첫돌로 하고 싶었다. 내가 품고 열 달을 지냈으니 몇 달 모자란다고 해도 괜찮았다. 생일은 빨리 지내도 되니까.

"첫돌쯤으로, 사진에는 첫돌 기념이라는 문구도 써 주세요."

남자는 접수증을 끊어 내게 주었다.

나는 사진을 거실에서 가장 눈에 띄는 곳에 걸었다. 아이가 외롭지 않게 내 사진도 옆에 두었다. 아이 아버지의 사진을 걸까 잠시 고민하다가 다시 서랍 깊숙이 넣었다. 아이가 아버지의 모습을 알지 못한다는 사실이 떠올라서였다. 낯선 사람이 옆에 있으면 겁을 먹을지도 모른다. 나는 유골함을 아이 사진 앞에 두고 가족사진을 오래도록 바라보았다.

여자는 영정사진을 들었고, 남자는 유골함을 안았다. 영정사진 속의 남자는 갓 스물을 넘긴 것처럼 보였다. 예약 시간은 오후 두 시였다. 다섯 시간이나 빨리 오다니. 지금 작업 중이라서 기다려야 한다고 그들에게 말했다. 그들은 견학하고 싶다며 말을 꺼냈다. 나는 그들을 작업실 앞, 벽면이 통유리로 된 곳으로 안내했다. 원수는 전기 화로 옆에 서 있었다. 골분을 넣고 용해하는 중인 모양이었다. 원수가 움직일 때마다 그들의 시선도 따라 움직였다. 그들은 눈도 한 번 깜빡이지 않고 지켜보았다. 사리가 완성되었다는 알림음이 울렸다.

"여보, 이뻐요. 우리 인우도 저렇게 고울까요?"

"그럼."

"인우의 소원을 들어줄 수 있어서 너무 기뻐요."

"일요일 비행기니까, 곧 떠날 수 있을 거야."

여행을 떠나려는 모양이었다. 하지만 사리를 급하게 만들 필요는 없었다. 여행을 갔다 와서 만들어도 되었고, 부탁하고 돌아와서 찾아갈 수도 있었다. 왜 사리를 급하게 만들어야만 하는지, 소원이라는 게 무언지 궁금했다.

원수는 임시 사리함으로 사리들을 옮겼다. 밝은 회색이 섞인 사리는 임시 사리함을 가득 채울 정도로 많았다. 아마 고인이 키가 크고 골밀도가 높은 젊은 남성이라서 그런 듯했다.

"원래 사리 양이 저만큼 많아요?"

여자의 말에 사람에 따라 차이가 난다고 대답했다. 나는 조심스럽게 그들에게 물었다.

"어딜 가시나 봐요?"

"예, 여행을 갑니다. 아들놈 소원이 세계여행이라서요. 살아생전엔 못 들어줬으니 지금이라도 들어주려고요."

"여보, 사리를 우리가 간 곳에 하나씩 두고 와요. 인우가 다녀갔다는 표식으로요."

여자는 제 생각이 기발하다는 듯이 남자를 올려다보았다. 남자는 여자의 생각에 동의한다는 듯 고개를 주억거렸다.

장례식의 세계화랄까. 그들은 가는 곳마다 아들의 장례식을 다시 할 것이다. 세계 곳곳에 아들의 무덤이 있다니. 그들은 자신들만의 장례식을 생각하고 있었다.

내 아이의 장례식은 일반적인 삼일장도, 오일장도 아니었다. 24시간 만에 아이는 제가 되었고 나는 그것을 품에 안았다. 아이가 떠난 장례식장에는 바로 다음 사람의 영정사진과 위패가 놓였다. 한 시간 만에 찍어 내는 결혼식처럼 장례식도 사흘 만에 찍어 내어졌다. 죽은 자의 이름은 그들의 뇌리에서 곧 잊힐 것이고 떠오르더라도 술자리의 가십처럼 기억될 뿐이다. 나는 부부가 선택한 장례식이 마음에 들었다. 사리를 원하는 사람들은 고인을 오래도록 추억하기를 바란다. 부부의 생각과 별반 다르지 않을 것이다. 그들의 여행 계획을 완성해 주고 싶은 생각이 간절히 들었다.

부부의 아들은 세계여행이 소원이었다. 말이라고는 우는 것이 전부였던 내 아이가 만약 말을 할 수 있다면 어떤 소원을 빌었을까? 아무리 생각해 봐도 짐작이 가지 않았다. 내가 옆에 있어 주기만을 바랐을 수도 있고, 두 사람의 아들처럼 바깥세상을 구경하고 싶다고 했을 수도 있고, 자신의 아버지를 보고 싶다고 했을 수도 있었다. 내가 임신했다고 하자 아이의 아버지는 자신에게 책임을 지우지 말라며 얼굴빛을 굳혔다. 다음 날 아이의 아버지는 헤어지자고 문자를 보냈다. 쉼터를 전전하며 아이가 태어나길 기다렸다. 처음으로 가져 보는 내 가족이었다. 태동이 느껴질 때마다 자라는 걸 알 수 있어서 더없이 좋았다. 한 달을 살고 아이가 죽었을 때 나는 아이의 아버지에게 알리지 않았다. 그는 내 가족이 아니었으니까.

사리함을 들고 여행을 떠나는 부부를 떠올렸다. 갑자기 손등이 가려웠다. 아이에게 해 주지 못한 게 떠오를 때마다 손등이, 다리가 또는 온몸이 가려워졌다. 손등에서 피가 배어 나왔다. 가려움은 쉽게 가라앉지 않았다. 나는 등 뒤로 손을 숨기며, 두 사람에게 계속 견학하라고 말하고 그 자리를 떠났다.

서둘러 진통제를 먹고 사무실로 돌아왔다. 책상 위에는 편지 한 통이 놓여 있었다. 독촉장, 아이의 치료비였다. 아이는 죽어서 더 치료할 수도 없는데…… 나는 독촉장을 찢어서 쓰레기통에 던졌다. 나 말고 아이를 기억하는 사람들은 독촉장을 보내는 이들이었다. 입안이 썼다. 나는 아이를 살리기 위해서 할 수 있는 모든 치료를 해 달라며 의사를 붙잡고 매달렸다. 그들은 내가 기억하지도, 기억할 수도 없는 약물을 먹였고 시술을 했다. 창백해진 아이의 얼굴을 보며 내가 할 수 있는 일은 없었다. 아버지와 친지를 부르라는 의사의 최후통첩이 있고 난 후 아이는 가는 숨을 길게 뱉고 더는 숨을 쉬지 않았다. 감싸고 있던 튜브들이 하나둘 치워졌다. 아이가 누운 침대를 따라 영안실로 갔다.

아이를 떠나보내고 겨울이 되었다. 병원비 독촉은 내내 계속되고 있다. 이번 달만 갚으면 더는 독촉장을 받지 않아도 된다. 아이를 기억하는 사람이 사라져서 아쉬운 감이 들었다. 이제 아이를 아는 사람은 나 혼자다.

원수가 작업을 다 마쳤는지 사무실로 들어왔다. 그의 손에는 임시 사리함 세 개가 들려 있었다. 원수는 임시 사리함을 내 책상 위에 놓고 자신의 자리로 가 버렸다. 고객이 선택한 사리함에 사리를 넣고 완성되었다고 알리면 일이 끝난다. 옥으로 만든 사리함과 자개로 만든 사리함을 꺼냈다. 계약서를 확인하고 고인의 이름을 사리함에 붙였다. 마지막 고인은 어떤 사리함을 원하는지 계약서에 없었다. 나는 임시 사리함에 고인을 그대로 두었다. 가끔 가족들이 사리함을 준비해 오기도 했다. 나는 회사에서 파는 사리함보다 고인의 가족이 준비한 사리함이 더 좋았다. 그들이 가져온 사리함에는 가족을 잃어버린 슬픔이 묻어 있었다. 나는 사리를 담을 때도 하나하나 조심해서 옮겼다. 가족들에게 전할 때도 두 손으로 공손히 사리함을 받쳤다. 멀어져 가는 그들을 보며 허리를 숙여 인사를 했다. 가족들과 고인에게 내식대로 조의를 표하는 것이다.

옥으로 만든 사리함으로 옮기기 위해 첫 번째 임시 사리함을 열었다. 부부를 데리고 견학을 할 때 보았던 사리였다. 밝은 잿빛의 사리가 빛나고 있었다. 사리의 빛깔이 고와서 손으로 살짝 쓰다듬었다. 내 손길이 닿자 사리들이 움직이는 것처럼 보였다. 조심조심하며 사리가 부딪치지 않게 신경 써서 넣었다. 나는 고개를 갸웃했다. 그리고 계약서를 들여다봤다. 고인의 나이는 이십 대였고 건장한 남성이었다. 사리함이 가득 차야 하는데. 나는 의자에 앉아 컴퓨터 모니터를 보고 있는 원수에게 말을 걸었다.

"원수 대리님, 이은호 고인의 사리 양이 줄어든

것 같아요."

"무슨 말이야?"

"작업실에서 봤을 때는 사리함에 가득 있었는데요."

"이은호 고인이 아니라 엄변인 고인 아냐?"

"엄변인 고인의 예약은 저녁에 잡혀 있어요."

"아, 원래 그것밖에 없었어."

휴대전화에서 알림음이 들렸다. 아우름 고객이 보낸 문자였다. 이은호 고인의 사리와 같은 잿빛의 돌 사진이 찍혀 있었다. 나는 얼른 메일함을 열었다. 답장이 와 있었다. 얼마나 필요한지 물으며 현금 거래만 된다고 했다. 사진을 먼저 보내 줄 수 있냐고 다시 메일을 보냈다. 바로 답장이 왔다. 아우름 고객이 보낸 사진과 같았다. 나는 이은호 고객의 사리와 사진을 비교했다. 둘은 똑같이 밝은 잿빛을 띠었다. 행운이라는 앱에서 파는 돌은 사리였다. 오전에 만든 사리가 어떻게 바로 올라와 있는 걸까.

"원수 대리님, 사진과 이은호 고인의 사리가 같아 보여요."

원수는 사진을 보더니 비슷해 보이지만 다르다고

말꼬리를 흐렸다. 보고, 또다시 봐도 이은호 고인의 사리였다. 나는 원수에게 사진을 자세히 살펴봐 달라고 부탁했다. 건성으로 사진을 들여다보는 듯하더니 사무실을 나갔다. 행운 웹에 메일을 다시 보냈다. 어디서 행운의 돌을 구했냐고. 메일은 바로 반송됐다. 주소를 찾을 수 없다는 안내와 함께. 행운 웹에 들어가려고 여러 번 시도를 해 봤지만 들어갈 수가 없었다. 이은호 고인의 도둑맞은 사리를 어떻게 찾아와야 할지 방법이 떠오르지 않았다. 소장에게 다시 보고서를 쓰기 위해 모니터를 켰다. 이은호 고인의 사리 사진과 행운 웹에 올라온 사진을 함께 첨부했다. 보고서를 쓰는 것 말고 아무것도 해 줄 수 없다는 사실에 이은호 고인에게 미안했다.

　내 아이의 생명이 사그라들 때 손을 잡아 주는 것 말고는 아무것도 할 수 없었다. 그때와 같은 무력감이 느껴졌다. 어떻게든 찾아야 한다. 고인을 기억하려고 만든 사리가 행운의 돌이 되어 팔고, 팔려서는 안 되었다. 사실을 알면 가족들은 다시 슬픔에 젖을 것이다. 내 아이의 사진을 볼 때마다 그리움이 북받쳐 오르는 것처럼.

아이가 보고 싶었다. 이은호 고객의 사리함을 보관함에 두고 사무실을 나왔다. 집으로 가는 동안 속도위반 카메라를 봤지만 속도를 줄일 수가 없었다. 아이가 기다리고 있었다. 현관문을 열자 사진 속 아이와 눈이 마주쳤다. 어서 와, 기다리고 있었어라고 말하는 듯 엷은 웃음을 짓는 것 같았다. 집 안에만 있으니 아주 답답했지, 엄마하고 함께 나갈까. 아이 사진과 유골함을 품에 안았다. 회사로 돌아오면서 나도 모르게 노래를 흥얼거렸다.

원수의 책상 위에 택배 상자가 놓여 있었다. 택배를 수거하는 차는 퇴근 시간쯤 온다. 너덧 개의 상자는 주소가 달랐다. 내 책상 위에 있던 보고서들을 원수의 책상으로 옮겼다. 아이의 돌 사진을 둘 곳을 마련하기 위해서였다. 상자 하나가 책상에서 떨어졌다. 나는 얼른 그것을 들었다. 너무 가벼워서 상자를 흔들어 보았다. 아무런 소리도 나지 않았다. 뭐가 들었는지 궁금했다. 남의 물건에 손을 대면 안 된다는 걸 알지만 뜯어보고 싶은 충동을 억누를 수 없었다. 상자 안에는 잿빛 사리가 들어 있었다.

"어떡하지?"

사진 속 아이의 표정이 뾰로통해졌다.

"맞아, 나쁜 일이야. 사리는 고인이 남긴 마지막 기억 같은 거야. 그리워질 때마다 꺼내 볼 수 있는. 온전한 기억을 고인의 가족들이 반드시 돌려받아야 해."

뾰로통한 얼굴이 풀리더니 아이의 볼이 발그스름해졌다. 나는 사진을 찍고 상자를 원래대로 해 놓았다. 사무실 문을 두드리는 소리가 났다.

예약 시간보다 일찍 온 부부가 서 있었다. 나는 그들을 고객 대기실로 안내했다.

"사리 생성이 끝나면 연락을 드릴 겁니다."

"여기서 기다리면 안 될까요?"

"내일이면 아드님을 볼 수 있습니다. 집에서 기다려 주십시오."

그들은 유골함을 한 번 쓸어내리더니 내게 내밀었다. 나는 조심스럽게 유골함을 받아 들었다.

"참 사리함은 어떤 것으로 하시겠습니까?"

"사리함을 꼭 여기서 사야 하나요?"

여자의 질문에 나는 꼭 그렇게 할 필요는 없다고 했다.

216

"따로 준비한 사리함이 있으십니까?"

남자는 수줍은 듯 옆에 두었던 가방에서 상자 하나를 꺼냈다. 상자는 여러 나라의 국기가 붙어 있었다. 나는 눈이 시큰거렸다. 부부가 아들을 위해서 한 준비가 마음에 들었다. 그들의 계획이 잘 이루어지도록 힘을 보태고 싶었다.

나는 유골함과 사리함을 들고 고객 대기실을 나왔다. 작업실에 가기 전에 사무실에 들렀다. 책상 위에 있는 내 아이의 유골함이 너무나 초라해 보였다. 나는 안치실에 고인의 유골함을 두고 내 아이에게 해 줄 수 있는 게 뭐가 있는지 곰곰이 생각했다. 여러 나라의 국기가 나붙은 고인의 사리함이 보였다. 부부처럼 아이의 소원을 들어줄 수 있다면 좋을 텐데. 나는 아이에게 한 번도 아버지를 보여 주지 않았다는 데 생각이 미쳤다. 아이도 알 권리가 있었다. 자신을 세상에 나오게 하는 데 한 부분을 담당한 사람. 나는 뛰어가 아이의 돌 사진을 안았다. 아이의 소원을 이제야 알았다고, 나 혼자만 아이를 기억하는 게 아니라 아이의 가족이라고 불릴 수 있는 모든 사람이 기억하면 좋겠다고. 나는 아이에게 약속했다.

나는 서둘러 강인우 고인의 유골함과 내 아이의 유골함을 들고 작업실로 향했다. 바삐 움직이다 보니 자꾸 걸음이 꼬였다. 유골함을 떨어뜨리면 안 되었다. 나는 천천히 걸음을 옮겼다. 먼저 강인우 고인의 골분을 화로에 넣었다. 이천 도에 이르는 뜨거운 열이 골분을 물처럼 만들었다. 붉은 물이 살아 있는 듯 출렁였다. 두어 시간이 지나면 천천히 식으면서 사리로 만들어질 것이다. 타이머가 울렸다. 강인우 고인의 사리는 청화백자 색을 띠었다. 차가워질 때까지 기다리며 내 아이의 골분을 조심스럽게 화로에 밀어 넣었다. 골분의 양이 많지 않아 시간이 줄었다. 내 아이의 사리는 백자처럼 흰색이었다. 강인우 고인의 것은 여러 나라 국기가 붙어 있는 사리함에 담고 내 아이의 것은 임시 사리함에 담았다. 아이의 사리함을 안고 강인우 고인의 사리함은 손에 들었다. 그리고 화로의 불을 껐다.

　아이에 대한 기억들이 새록새록 돋아나고 있었다. 몽실몽실했던 살들과 발그스름한 볼, 앙증맞은 주먹, 분유 냄새. 그리움이 스멀스멀 밀려왔다. 화로 같은 뜨거움이 올라와 얼굴이 화끈거렸다. 아이의 사리함을 더 꽉 안았다. 벅찬 감정들이 눈물이 되어 뺨을 타고 흘러내렸다. 서둘러 사무실로 갔다. 돌 사진 속 아이가 입꼬리를 올리며 웃는 듯 보였다.

"고려 사리입니다."

수화기 반대편에서 가는 숨소리가 들려왔다.

"강인우 님의 사리가 완성되었습니다."

"고맙습니다."

여자는 목이 멘 듯 한참 말을 잇지 못했다.

"제가 경주에 출장 갈 일이 있어서 가져다드리겠습니다."

"어서 오셔요. 기다리고 있겠습니다."

어느새 남자의 목소리로 바뀌어 있었다. 나는 가서 뵙겠다는 인사를 하고 전화를 끊었다. 가슴 한구석이 시원해지는 것을 느꼈다.

가기 전에 한 가지 해결해야 할 일이 있었다. 나는 메일함을 열었다. 사이버 수사대에 어울림 고객이 보내온 사진과 행운 웹 주소, 이은호 고인의 사리 사진, 원수의 택배 상자 사진을 첨부해서 보냈다. 바탕화면에 메모장을 띄우고 사직서를 썼다. 사직 사유에는 내 아이와 오랫동안 여행을 갈 거라고

적었다. 아이의 사리함은 가벼웠고 강인우의 사리
함은 무거웠다. 둘을 가슴에 안고 사무실을 나왔다.

하얀 눈으로 덮인 고속도로는 텅 비어 있었다. 운
전하는 내내 옆 좌석에 앉은 아이에게 말을 걸었다.
곧 아버지를 볼 수 있다고, 눈 때문에 길이 막혀도
엄마는 계속 갈 수 있다고, 걱정하지 말라고. 눈발
은 점점 거세졌다. 라디오에서는 대설주의보가 내
려서 고립될 수 있으니 고속도로에서 나가라는 안
내가 거듭났다. 윈도 브러시를 빠르게 움직였지
만, 앞창에 달라붙는 눈을 떼어내지 못했다. 앞이
보이지 않았다.

비상등을 켰다. 미끄러지면서 중앙분리대를 받거
나 도로 밖으로 나가는 일이 없기를 바라며 일 차선
과 이 차선을 물고 차를 몰았다. 달깍달깍, 일정하
게 울리는 비상등 소리에 귀 기울이며 아이와 하는
첫 여행이 무사히 끝나기를 바랐다. 저만치 앞에 비
상등을 켜고 달리는 차가 보였다. 그 차 뒤를 바짝
따랐다. 나는 그제야 옆에 있던 아이를 바라봤다.
내 아이가 나를 바라보며 까르르 웃고 있었다. 눈발
사이로 경주로 빠지는 이정표가 보였다.

이정표 앞에 서서

몸치, 음치, 박치, 길치… 많은 치들 중에 나는 방향치이다. 동서남북이 머릿속에 그려지지 않아 자리를 맴돈 적이 여러 번 있다. 약속 장소를 찾지 못해 헤매다 보면 전화가 온다. 도착 지점을 찾는 게 내겐 너무나도 어렵다. 경로를 이탈했다는 안내 멘트를 들을 때나, 길을 착각해 어귀에서 헤맬 때, 목적지의 가장자리를 빙빙 도는 답답함이라니! 어떻게 하면 바른 방향을 찾을 수 있을까 고민을 거듭했지만 해결책은 달리 없었다.

내 무딘 방향감각은 글을 쓰는 동안에도 정체를 드러냈다. 등단하고, 책을 내려고 도전했지만 번번이 미끄러졌다. 불안이 슬그머니 고개를 들었다. 거듭 헤맬지라도 방향을 찾으려고 무던히 애를 썼다. 마음을 끓이다 보면 몸이 상했고, 아파서 누워 있는 딸을 보는 어머니의 한숨도 깊어 갔다. 이러지도 저러지도, 더 나아가지도 못한 채 방향을 찾으려고 멈추어 서곤 했다. 다시 한 걸음 내디디고 내 판단을 믿어 보리라고 되뇌었다. '내 방향은 내가 정해.' 마음을 다잡았다.

눈앞에서 지워지곤 하던 길이 익숙해질 때까지 나아갔다. 방향이 달라서 목적지에서 거리가 멀어지는 한이 있더라도 어딘가에 있을 그 목적지를 향하는 것 말고는 방법이 없었다. 익숙해지지 않는 초조와 알 수 없는 불안에 떨며 오래도록 헤매었다. 포기하지 않은 덕에 나는 지금 이정표 앞에 와 있다. 이제 화살표를 따라가야 할 시간이다. 숨을 고른다. 산지니 출판사의 이혜정 편집자님께 감사드린다. 내 곁에서 응원과 지지를 아낌없이 내어주시는 나의 어머니 김영웅, 사랑합니다.

2024년 8월

이경숙

수록작품 발표지면

「초대」…〈소설21세기〉 2022년 여름호 수록작

「얼음 창고」… 2020년 국제신문 신춘문예 당선작

「비거 동해로 날다」…〈소설21세기〉 2020년 겨울호 수록작

「새장을 열다」…〈소설21세기〉 2020년 여름호 수록작

「우리는」…〈소설21세기〉 2021년 여름호 수록작

「물고기 비늘」…〈한국소설〉 2019년 8월호 신인상 당선작

「나만의 장례식」… 미발표작

새장을 열다

초판 1쇄 발행 2024년 9월 9일

지은이 이경숙
펴낸이 강수걸
편집 이혜정 강나래 이선화 오해은 이소영 김효진 방혜빈
디자인 권문경 조은비
펴낸곳 산지니
등록 2005년 2월 7일 제333-3370000251002005000001호
주소 부산시 해운대구 수영강변대로 140 BCC 626호
전화 051-504-7070 | 팩스 051-507-7543
홈페이지 www.sanzinibook.com
전자우편 sanzini@sanzinibook.com
블로그 http://sanzinibook.tistory.com

ISBN 979-11-6861-368-3 03810

＊이 책은 울산광역시, 울산문화관광재단
'2024년 예술창작활동 지원사업'의 지원을 받아 발간되었습니다.